LES ROYAUMES DE TIKETONE

À mon frère, mon Torot.

ON arrive, THOMAS.
La PORTE EST TOUT PRÈS D'ICI, JE LE SENS.

Il faudra être courageux, Thomas. Tu ne devras pas montrer que tu as peur.
Si tu fais ce que je te dis, tout se passera bien.
Demain, on régnera ensemble sur le royaume de Tiketone.
Est-ce que papa et maman pourront venir avec nous ?
Je t'ai déjà dit que non, ils ont refusé de jouer !
C'est trop tard, leur monde est sur le point de trépasser.
Je ne veux pas que le monde trépasse.
Je ne veux pas qu'ils meurent.
Barbara !
Arrête de raconter des bêtises à ton frère !
On ne plaisante pas avec ces choses-là !

Ce ne sont pas des bêtises, c'est ce qui va arriver !
Papa et toi, vous allez devenir des fantômes !
Ça suffit, Barbara !!!
J'en ai assez de tes histoires !
Tu es trop grande pour continuer à fabuler.
Les fantômes, ça n'existe pas !
Si !
Ils existent !
Ils sont partout autour de vous.
J'en ai marre que vous ne me croyiez jamais !
J'ai vu ce qui va se passer.
Je ne resterai pas dans votre monde de morts vivants !
Thomas et moi, on va s'en aller !!!
ATTENTION !!!

AAAH!!!
BROFF

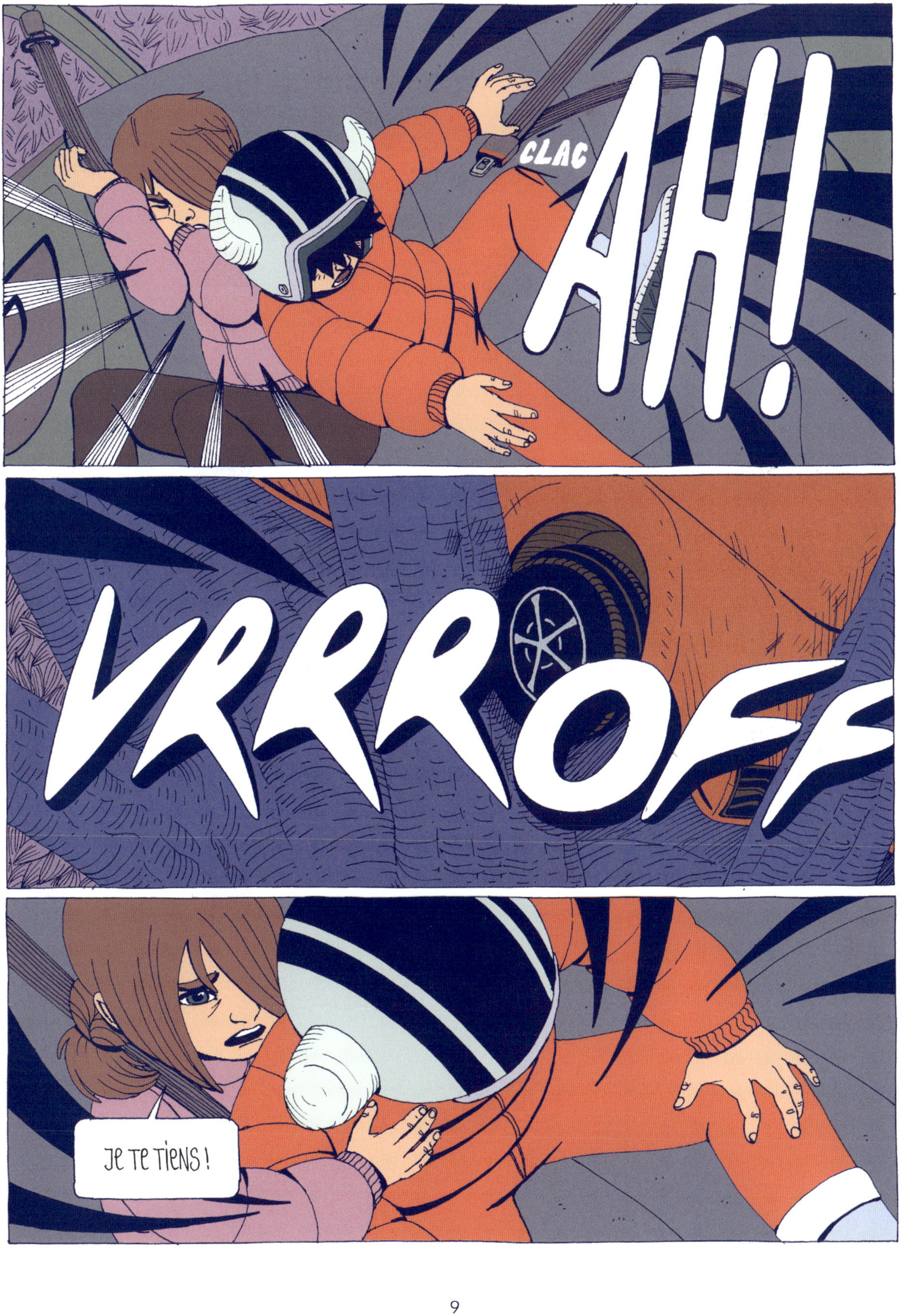
CLAC
AH!
VRRROFF
JE TE TIENS !

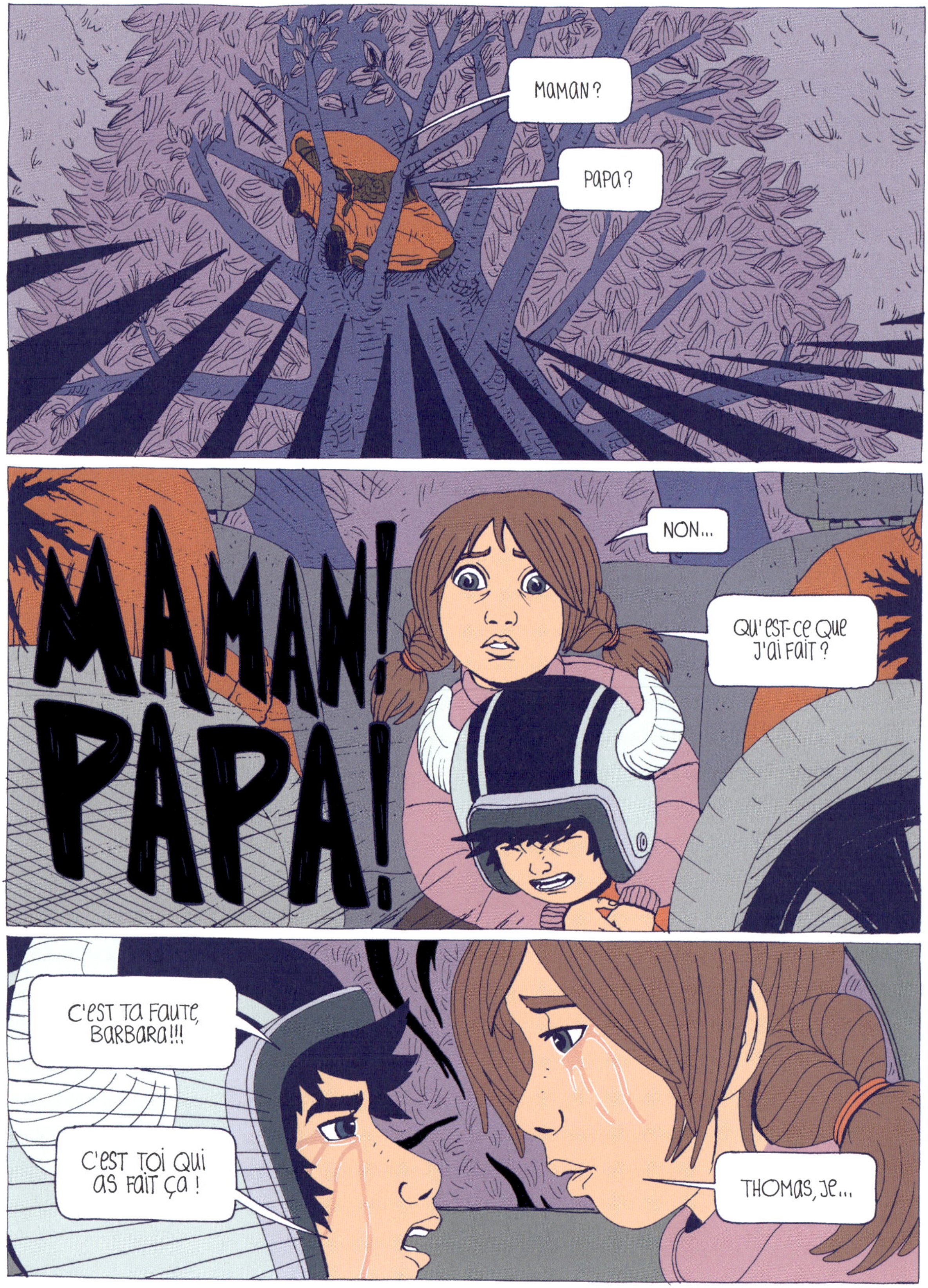
MAMAN ?
PAPA ?
MAMAN ! PAPA !
NON...
QU'EST-CE QUE J'AI FAIT ?
C'EST TA FAUTE, BARBARA !!!
C'EST TOI QUI AS FAIT ÇA !
THOMAS, JE...

VOOCHH!!!
TCHAK!!!
Qu'est-ce qui se passe ?!!
THOMAS, RECULE !!!

AAAAH
AAAH
AAAH
HAAAA
HAAA
BRA
BRA

CRAC!
AAAAH!!!

HUN
EFFOUUH
Reste avec moi, bonhomme.
BRABRA...

Le petit n'a plus rien dit depuis que nous l'avons sorti du véhicule.
Les parents sont morts sur le coup?

Oui, c'est le seul survivant.
HHUNFFOU

MÉLISSA MORIN

LES ROYAUMES DE TIKETONE

1. LES RELIQUES DES MORTS VIVANTS

casterman

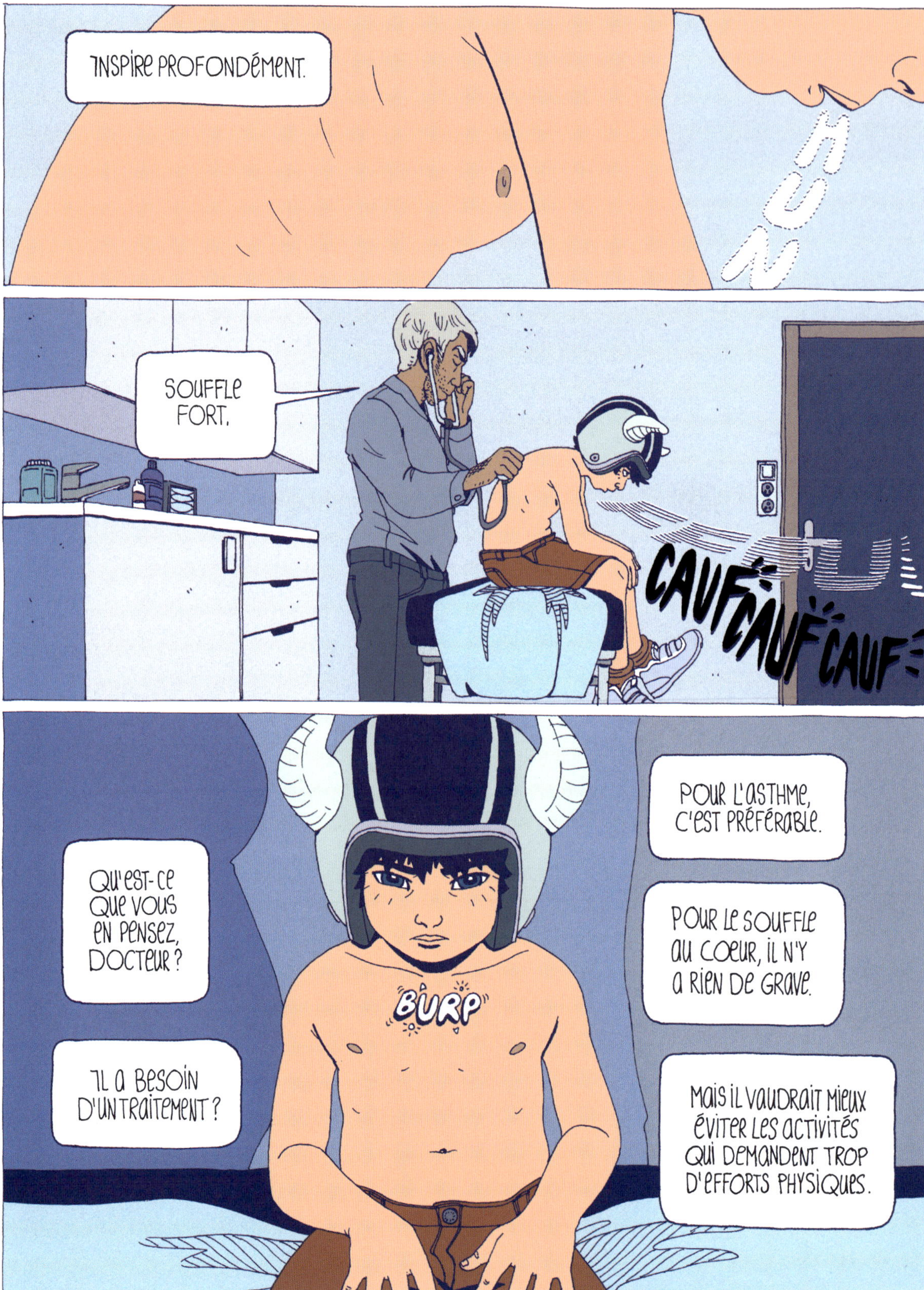
INSPIRE PROFONDÉMENT.
HUN
SOUFFLE FORT.
CAUF CAUF CAUF
QU'EST-CE QUE VOUS EN PENSEZ, DOCTEUR ?
POUR L'ASTHME, C'EST PRÉFÉRABLE.
POUR LE SOUFFLE AU COEUR, IL N'Y A RIEN DE GRAVE.
BURP
IL A BESOIN D'UN TRAITEMENT ?
MAIS IL VAUDRAIT MIEUX ÉVITER LES ACTIVITÉS QUI DEMANDENT TROP D'EFFORTS PHYSIQUES.

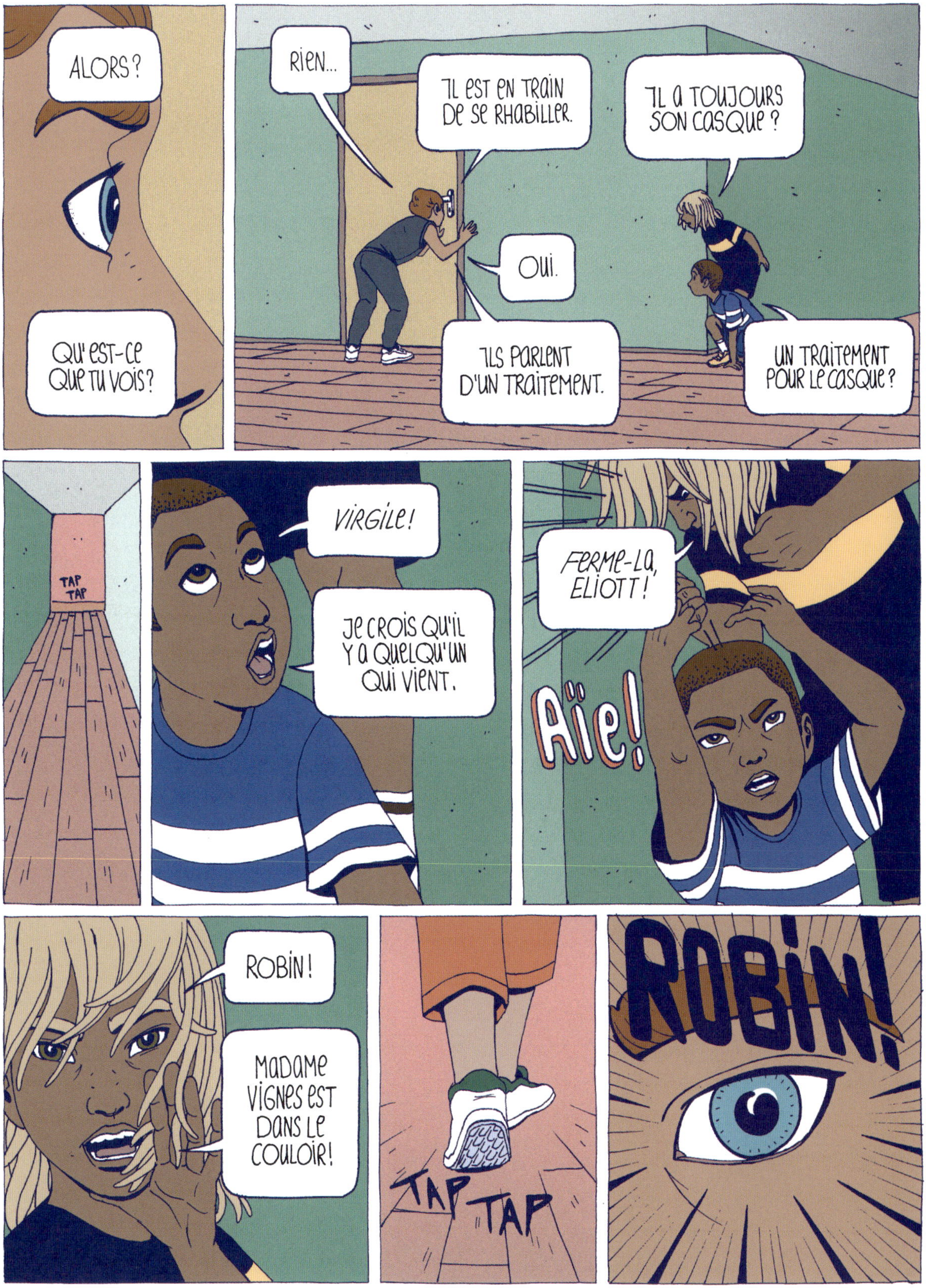
ALORS ?
QU'EST-CE QUE TU VOIS ?
RIEN...
IL EST EN TRAIN DE SE RHABILLER.
IL A TOUJOURS SON CASQUE ?
OUI.
ILS PARLENT D'UN TRAITEMENT.
UN TRAITEMENT POUR LE CASQUE ?
TAP TAP
VIRGILE !
JE CROIS QU'IL Y A QUELQU'UN QUI VIENT.
FERME-LA, ELIOTT !
AÏE !
ROBIN !
MADAME VIGNES EST DANS LE COULOIR !
TAP TAP
ROBIN !

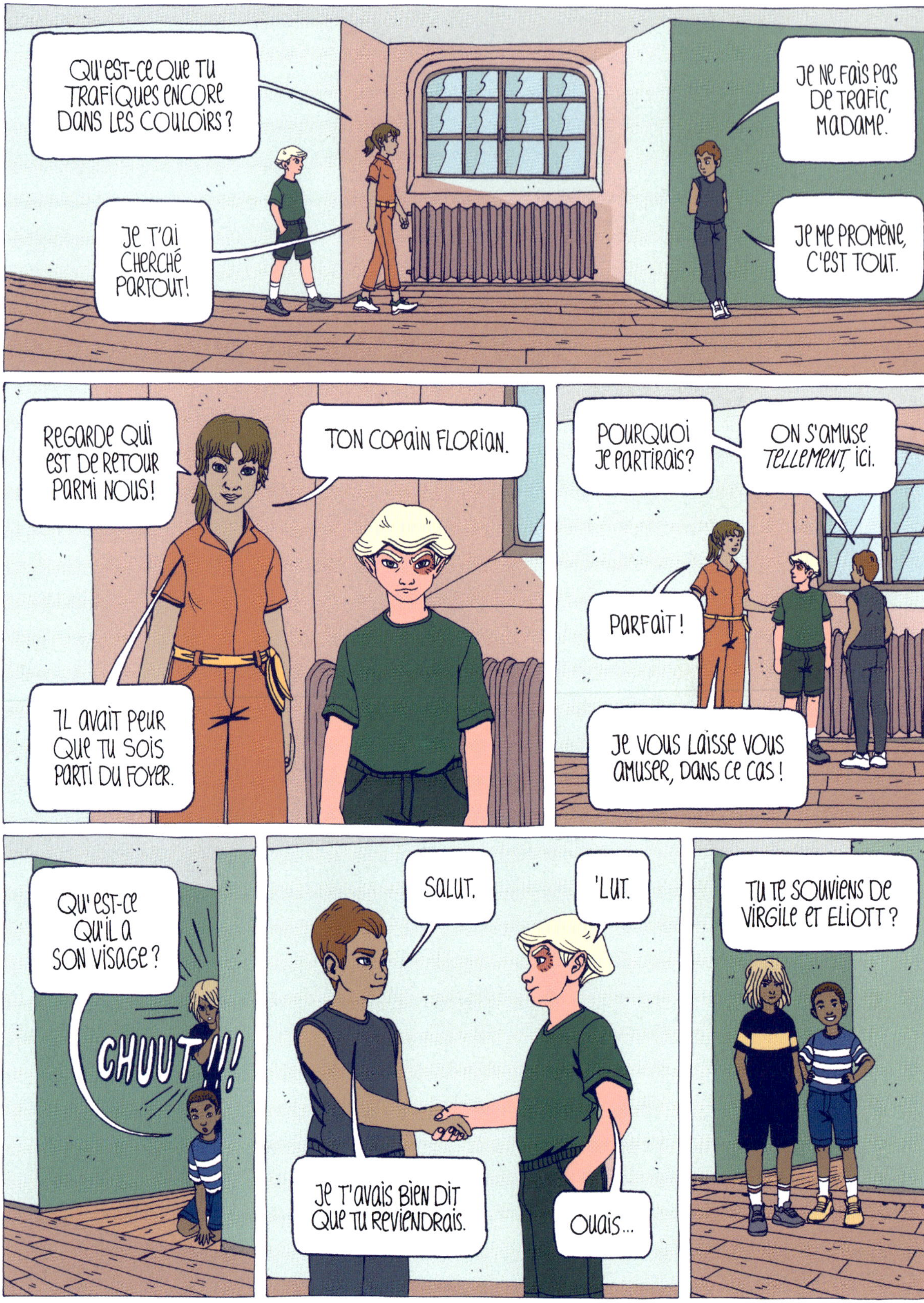

Qu'est-ce que tu trafiques encore dans les couloirs ?
Je t'ai cherché partout !
Je ne fais pas de trafic, madame.
Je me promène, c'est tout.
Regarde qui est de retour parmi nous !
Ton copain Florian.
Il avait peur que tu sois parti du foyer.
Pourquoi je partirais ?
On s'amuse *tellement*, ici.
Parfait !
Je vous laisse vous amuser, dans ce cas !
Qu'est-ce qu'il a son visage ?
CHUUT !!!
Salut.
'Lut.
Je t'avais bien dit que tu reviendrais.
Ouais...
Tu te souviens de Virgile et Eliott ?

Il a quoi, ton oeil ?
Tais-toi !!! Abruti !
On pose pas ce genre de question !
C'est pas poli !
C'est rien.
C'est qui celui-là ?

Lui, c'est Thomas.
Mais nous, on l'appelle Torot.
À cause de son casque?
Non.
C'est parce qu'il est rotophone.
Roto-quoi?
RAMM
RAM
RAM

RO-TO-PHONE.
IL PARLE LE LANGAGE DU ROT.
TSSS !!!
N'IMPORTE QUOI !
ET POURQUOI IL A UN CASQUE ?
T'AS QU'À ALLER LUI DEMANDER.
OK.

HUM... C'EST VRAI QUE T'ES ROTOPHONE?
RAM

PRRRIIING
DRIIING
LES PARTICIPANTS À LA SORTIE ZOO !
RASSEMBLEZ-VOUS DEVANT LE BUS !
BURP.
BURP.
ALORS, TU VOIS ? JE T'AVAIS DIT !
TOROT... ROTOPHONE.
MOUAIS.
MAIS C'EST QUOI, SON PROBLÈME ?
ÇA SE FAIT PAS DE ROTER SUR LES GENS COMME ÇA !

ET VOUS LE LAISSEZ FAIRE SANS RIEN DIRE ?
CE N'EST PAS DE SA FAUTE.
IL NE PEUT PLUS PARLER.
ET POURQUOI ÇA ?
ASSEYEZ-VOUS CORRECTEMENT, QUE JE VOUS COMPTE !
ROBIN !
QUATORZE ...
MADAME VIGNES DIT QUE C'EST À CAUSE DU CHOC DE L'ACCIDENT.
QUEL ACCIDENT ?

Ses parents sont morts écrabouillés dans un accident de voiture.
Personne ne sait comment il a survécu.
Et depuis qu'il est au foyer, il n'a pas dit un seul mot.
Ce gars est complètement fou!
FOU ?!
BURP
CHUUT
Aïe!
?!
On a tout essayé pour le déroter.
Le déroter ?
Oui.
Pour qu'il puisse parler.
Même madame Vignes a laissé tomber.
Heureusement, on arrive à savoir si c'est un rot "oui" ou un rot "non", maintenant.

LES ENFANTS, ÉCOUTEZ-MOI !
TOUT LE MONDE RESTE GROUPÉ !
ON N'ENLÈVE PAS SON FOULARD !
ON NE COURT PAS DANS TOUS LES SENS !
ON ÉVITE DE HURLER !
ET ON RESPECTE LES ANIMAUX !!!
C'EST COMPRIS ?!
OUUUIIIII !!!
BURP !
POURQUOI ON EST VENUS AU ZOO ?
ON L'A DÉJÀ VISITÉ QUINZE FOIS !
ÇA PUE, ICI, EN PLUS !
ARRÊTE DE TE PLAINDRE, VIRGILE !
HÉ ! REGARDEZ ! TOROT EST LÀ-BAS !
ET SI ON JOUAIT À UN JEU ?
PFFF
LE PREMIER QUI ATTRAPE TOROT PAR LES CORNES GAGNE LA PARTIE.
ON CONNAÎT BIEN CE JEU.
AU FOYER, ON L'APPELLE "ATTRAPE-TOROT".

IL FAUT QU'ON LE PRENNE PAR SURPRISE.
ÇA NE VA PAS ÊTRE SIMPLE.
POURQUOI ?
CE TYPE A UN SIXIÈME SENS, TU VAS VOIR...
C'EST UN TRUC DE CINGLÉ.
BURP ?

VIVARIUM
ENTRÉE VISITEURS
ON AURA PEUT-ÊTRE PLUS DE CHANCE ICI.
IL FAIT SOMBRE.
ET SI ON LÂCHAIT UN SERPENT SUR TOROT ?
QU'EST-CE QU'IL PEUT BIEN TROUVER D'INTÉRESSANT À DES ESCARGOTS ?
LAISSE TOMBER, IL EST JUSTE TARÉ.
IL A UNE COLLECTION DE COQUILLES VIDES DANS SA CHAMBRE.
DÈS QU'IL BOUGE, ON PASSE À L'ACTION.
ON Y VA !

À 3, ON LUI SAUTE DESSUS.
1,2...
3!
BURPP
SSSSSS
?
!
!?!
!!!
C'EST COMME ÇA QUE TU VEUX JOUER, TOROT ?!
ALORS ON VA JOUER!

YA!
BURP
YAAAA!!!
BURP

BURP
YAAA!
YAA!!!
BUURP
BURP

Y a rien à faire, ce type est complètement maboul !
Il se moque de nous !
Peut-être même qu'il se moque des éducateurs.
BÊÊÊ
BÊÊÊ
Qu'est-ce que t'en penses, Florian ?
Mmmh... je crois qu'on devrait changer de méthode.
BÊÊÊ
RAM
RAM
RAM
BÊÊÊ
FRRR
FRRR
Qu'est-ce que tu veux dire par changer de méthode ?
On devrait être plus radical dans notre approche.
BÊÊÊÊÊ
Ça veut dire quoi, radical ?
FRRR
Ça veut dire que ce torot mérite un bon coup de...
FRRR
FRRR
BÊÊÊÊ

BÊÊÊ
BÊÊÊ
BÊÊÊÊÊ
?

AAAA
COUREUSE DE REMPART!!!
ANDOUILLE CORNUE!
IMMONDE BOUCTARDE!
ESPÈCE DE CROTTE DE BIQUE!
BOÎTE À CA...
BÊÊÊ

... ca.

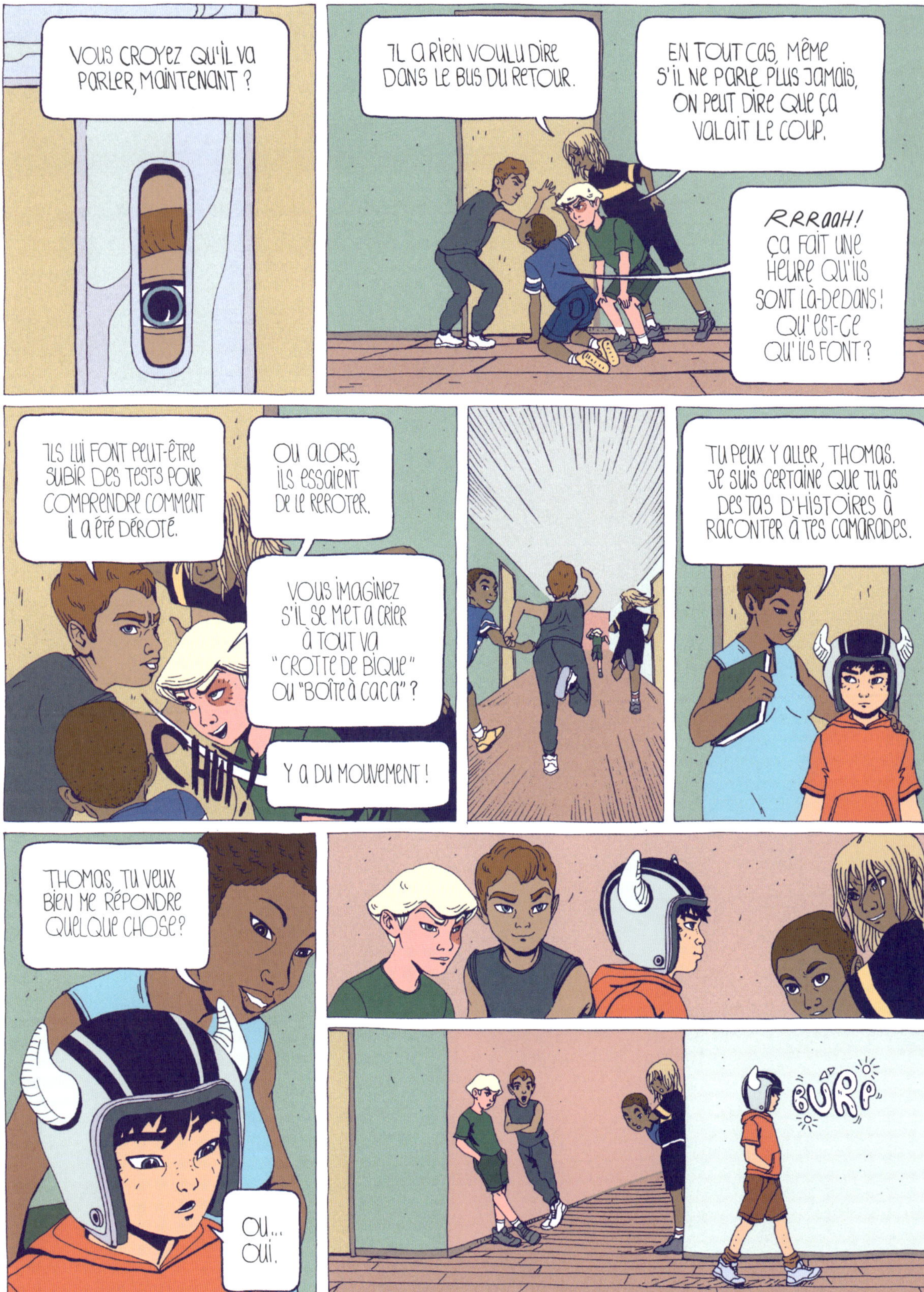
VOUS CROYEZ QU'IL VA PARLER, MAINTENANT ?
IL A RIEN VOULU DIRE DANS LE BUS DU RETOUR.
EN TOUT CAS, MÊME S'IL NE PARLE PLUS JAMAIS, ON PEUT DIRE QUE ÇA VALAIT LE COUP.
RRRAAH! ÇA FAIT UNE HEURE QU'ILS SONT LÀ-DEDANS ! QU'EST-CE QU'ILS FONT ?
ILS LUI FONT PEUT-ÊTRE SUBIR DES TESTS POUR COMPRENDRE COMMENT IL A ÉTÉ DÉROTÉ.
OU ALORS, ILS ESSAIENT DE LE REROTER.
VOUS IMAGINEZ S'IL SE MET À CRIER À TOUT VA "CROTTE DE BIQUE" OU "BOÎTE À CACA" ?
CHUT !
Y A DU MOUVEMENT !
TU PEUX Y ALLER, THOMAS. JE SUIS CERTAINE QUE TU AS DES TAS D'HISTOIRES À RACONTER À TES CAMARADES.
THOMAS, TU VEUX BIEN ME RÉPONDRE QUELQUE CHOSE?
OU... OUI.
BURP

HÉ ! TOROT !
POURQUOI T'ENLÈVES PAS TON CASQUE ?
OH ! TOROT !
ON PEUT TE PARLER ?
ET SI JE TE BOTTAIS LES FESSES COMME CETTE VILAINE CHÈVRE ?
TU VAS HURLER D'AUTRES INSULTES ?
ON POURRAIT PEUT-ÊTRE EN FAIRE UN JEU ?
POURQUOI TU RÉPONDS PAS ?
C'EST POUR FAIRE TON INTÉRESSANT ?
THOMAS !
ATTENDS !

THOMaaas!
C'est vrai que t'as parlé à la sortie zoo ?
RRAAAH!
J'aurais dû venir!
Mais j'étais à la clinique pour voir ma mère.
RAM RAM RAM
Dis ?
Tu ne répéteras à personne ce que je t'ai dit sur moi, hein ?
Marianne! Qu'est-ce que tu fais ?
J'arrive !

ON PARLERA TOUT À L'HEURE.
QU'EST-CE QU'ON FAIT ?
RAM RAM
TAP TAP TAP
TAP
TAP
TAP
ON VA PAS LE LAISSER RECOMMENCER SA COMÉDIE !
T'EN PENSES QUOI, ROBIN ?
ON Y VA !
Tuiii
Tuiii
Tuii
Tuiii
Tuiii
Tuii
Tuiii
Tuii
Tuiii

POURQUOI TU PARLAIS PAS ?
POURQUOI TU PORTES UN CASQUE ?
ET POURQUOI TU T'ASSOIS TOUJOURS À LA MÊME TABLE ?
C'EST VRAI QUE TU MANGES DES ESCARGOTS VIVANTS ?
?
FFFFOUHH
?
?
BURP
ABRUTI !
JE T'AI DÉJÀ DIT DE PAS POSER DE QUESTIONS !
AÏE !
C'EST PAS POLI !

BRRAOUFF
RAOUUF
POURQUOI ON SE CACHE ?
POUR PAS LE FAIRE FUIR.
IL FAUT QU'IL S'HABITUE À NOTRE PRÉSENCE.
OUAIS ! C'EST COMME AVEC LES ANIMAUX SAUVAGES.
IL FAIT QUOI ?
JUSTE UN CAILLOU...
VOUS L'AVEZ ENTENDU ?
?!?
OUAIS.

ON DIRAIT QU'IL CHERCHE QUELQUE CHOSE.
IL A DÛ SE LASSER DES ESCARGOTS.
SON NOUVEAU TRUC C'EST PEUT-ÊTRE LES VERS.
LES VERS ?
ET AVEC ÇA, JE VAIS LUI FAIRE BOUFFER DE L'HERBE !
LE CINGLÉ NOUS A VUS.
ON EST GRILLÉS !
C'EST TA FAUTE, ELIOTT !
NON ! C'EST TA FAUTE, VIRGILE !
IL T'A ENTENDU LE MENACER !
C'EST VOTRE FAUTE À TOUS LES DEUX !
VOUS ÊTES INCAPABLES DE LA BOUCLER !
FLORIAN !
QU'EST-CE QUE TU FAIS ?
J'EN AI MARRE ! J'Y VAIS !
HUM... HUM...
QU'EST-CE QUE TU CHERCHES, TOROT ?

Tuiii Tuiii Tuiii Tuiii Tuii
T'as perdu quelque chose ?
Tuiii Tuiii Tuiii
Ben quoi ?
C'est juste un piaf.
Je cherche ...
?!?
... Les reliques des morts vivants.

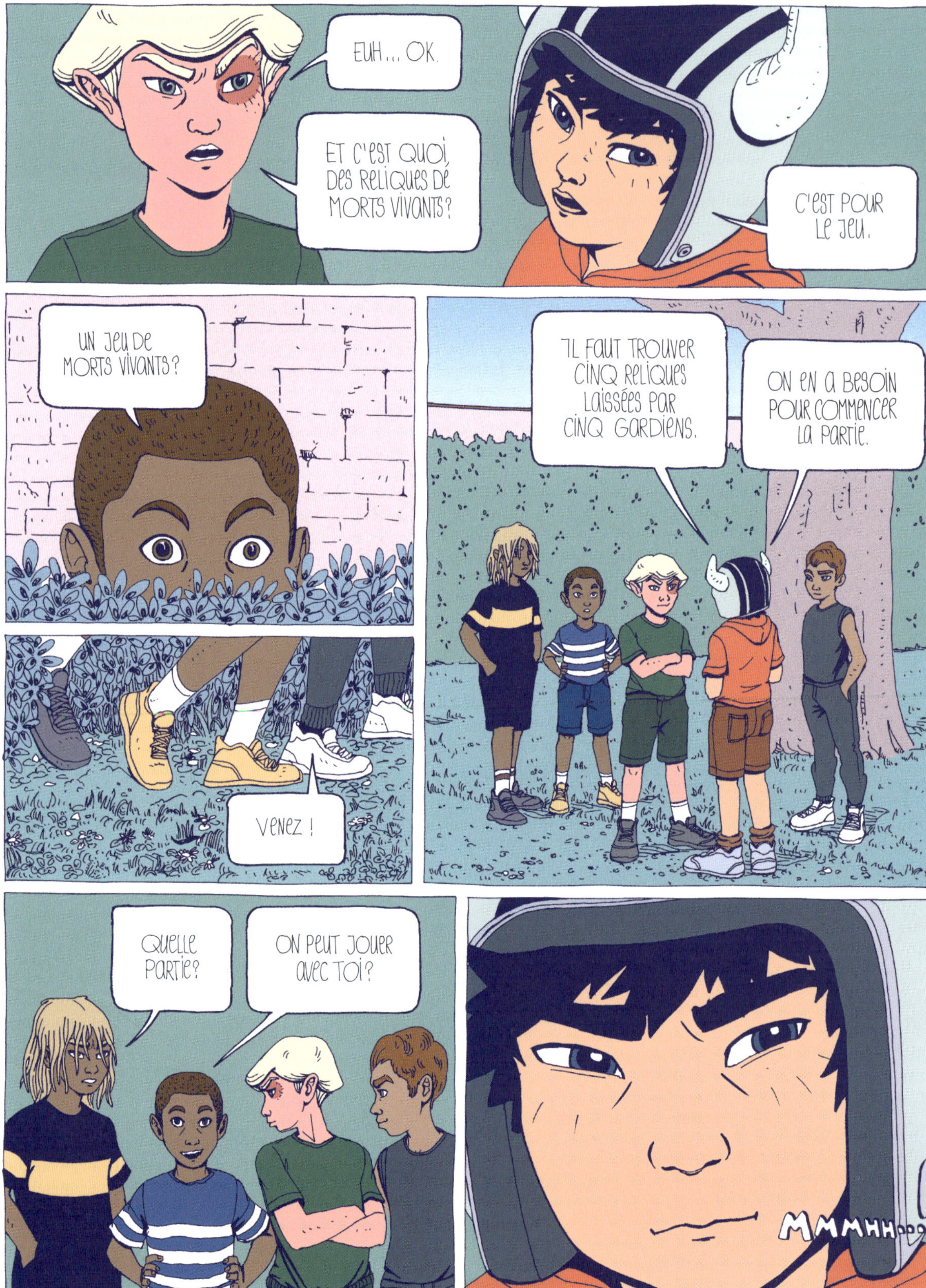
EUH... OK.
ET C'EST QUOI, DES RELIQUES DE MORTS VIVANTS?
C'EST POUR LE JEU.
UN JEU DE MORTS VIVANTS?
VENEZ !
IL FAUT TROUVER CINQ RELIQUES LAISSÉES PAR CINQ GARDIENS.
ON EN A BESOIN POUR COMMENCER LA PARTIE.
QUELLE PARTIE?
ON PEUT JOUER AVEC TOI?
MMMHH...

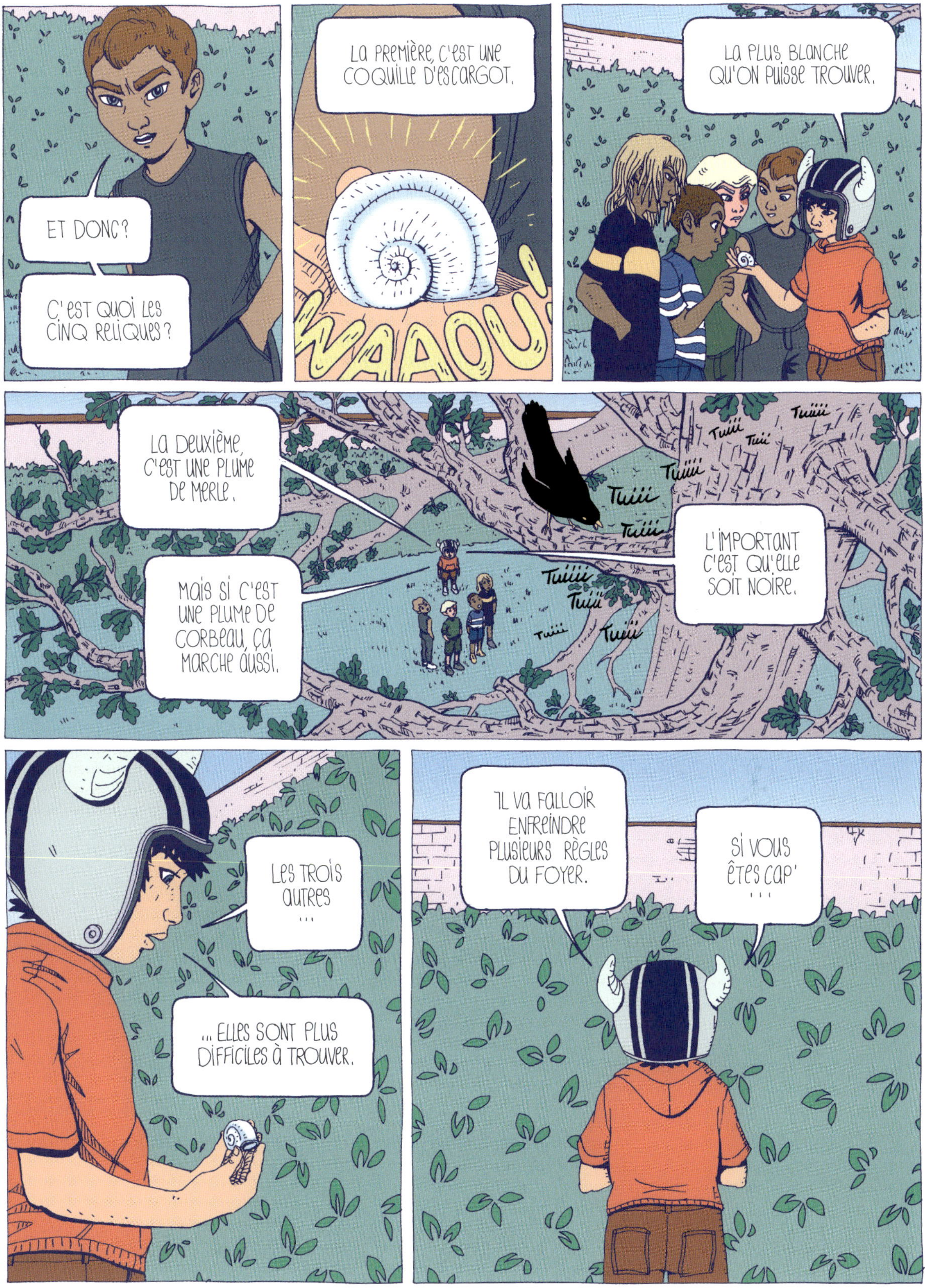
ET DONC ?
C'EST QUOI LES CINQ RELIQUES ?
LA PREMIÈRE, C'EST UNE COQUILLE D'ESCARGOT.
WAAOU !
LA PLUS BLANCHE QU'ON PUISSE TROUVER.
LA DEUXIÈME, C'EST UNE PLUME DE MERLE.
MAIS SI C'EST UNE PLUME DE CORBEAU, ÇA MARCHE AUSSI.
L'IMPORTANT C'EST QU'ELLE SOIT NOIRE.
Tuiii Tuiii Tuiii Tuiii Tuiii Tuiii Tuiii Tuiii Tuiii Tuiii
LES TROIS AUTRES...
... ELLES SONT PLUS DIFFICILES À TROUVER.
IL VA FALLOIR ENFREINDRE PLUSIEURS RÈGLES DU FOYER.
SI VOUS ÊTES CAP'...

ÉVIDEMMENT QU'ON EST CAP' !
QU'EST-CE QU'ON DOIT FAIRE?
ON VA DEVOIR FAIRE LE MUR.
LES DEUX DERNIÈRES RELIQUES SONT DE L'AUTRE CÔTÉ. ET ÇA SERA PEUT-ÊTRE DANGEREUX.
BRAAT
GRAAT
POURQUOI ?
QU'EST-CE QU'ELLES ONT DE SPÉCIAL, CES RELIQUES ?
ELLES SONT PLUS VIVANTES QUE MORTES.
QUOI ?
TSSS
SEULS CEUX QUI ONT VU LA MORT CONNAISSENT L'EXISTENCE DE CES RELIQUES.
ET CEUX QUI ONT PEUR DE MOURIR NE POURRONT JAMAIS LES TROUVER.

MOU... MOURIR ?
TSSS
OUI.
TU SAIS CE QUE ÇA VEUX DIRE, MOURIR?
ET TOI ?!
C'EST PAS LA PEINE DE JOUER AU PLUS DUR !
DIS-NOUS PLUTÔT QUELLES SONT LES AUTRES RELIQUES, QU'ON EN FINISSE !
LA TROISIÈME RELIQUE, C'EST UN NID D'ABEILLES.
ENFIN... JUSTE UN MORCEAU.
Y A RIEN DE MORTEL LÀ-DEDANS.

Mmmmh... ça dépend ...
Tu peux mourir si elles te piquent toutes en même temps.
Ouais, c'est vrai.
Madame Vignes a dit que Marianne est allergique.
C'est qui Marianne ?
C'est la copine de Torot.
Tais-toi, idiot !
Mais c'est vrai !
Elle le suit partout comme une obsédée !
T'es qu'un jaloux !
RRAAAK!!
Taisez-vous à la fin !!!
C'est quoi la quatrième relique, Torot ?

La quatrième relique, c'est...
GRATTE
GRATTE
une peau de serpent.
TROP COOL!
PFFF
BZZZ
BZZZ
Il reste la dernière, la plus petite.
Elle est presque impossible à dénicher.
Un seul d'entre nous la trouvera.
Et alors?
Qu'est-ce que c'est?
Une dent de renard.

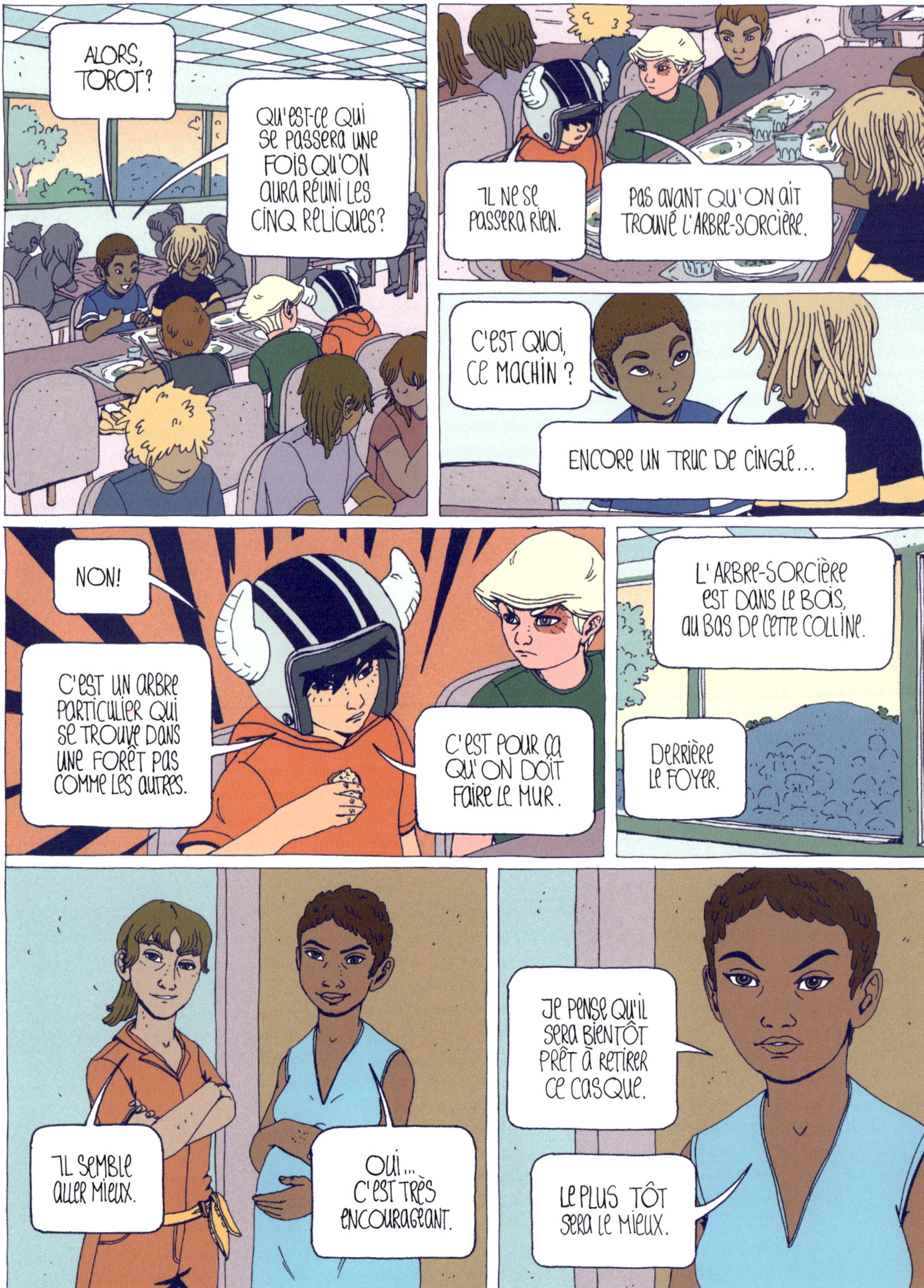

ALORS, TOROT?
Qu'est-ce qui se passera une fois qu'on aura réuni les cinq reliques?
Il ne se passera rien.
Pas avant qu'on ait trouvé l'Arbre-Sorcière.
C'est quoi, ce machin ?
Encore un truc de cinglé...
NON!
C'est un arbre particulier qui se trouve dans une forêt pas comme les autres.
C'est pour ça qu'on doit faire le mur.
L'Arbre-Sorcière est dans le bois, au bas de cette colline.
Derrière le foyer.
Il semble aller mieux.
Oui... C'est très encourageant.
Je pense qu'il sera bientôt prêt à retirer ce casque.
Le plus tôt sera le mieux.

IL FAUDRA OFFRIR LES RELIQUES À L'ARBRE-SORCIÈRE.
SI ELLE LES RECONNAÎT...
ET SI ELLE NOUS ACCEPTE...
ALORS L'ARBRE NOUS LAISSERA PASSER.
COMMENT ÇA S'EST PASSÉ AVEC LE PSYCHOLOGUE ?
IL A MENTIONNÉ SA SOEUR.
MAIS IL EST ENCORE DANS LE DÉNI.
SON CORPS N'A TOUJOURS PAS ÉTÉ RETROUVÉ ?
NON...
JE PIGE PAS...
GRATTE
GRATTE
GRATTE
L'ARBRE-SORCIÈRE...
C'EST UNE FILLE ?
PAM!
C'EST À MON TOUR DE PARLER À THOMAS !!!

RETOURNE MANGER TA COMPOTE, TOI !!!
ON T'A PAS INVITÉE !
JE M'INVITE OÙ JE VEUX, MINUS !
TOROT, C'EST MÊME PAS TON AMI, D'ABORD !
MENTEUR ! THOMAS EST MON AMI DEPUIS LE DÉBUT !
COMMENT TU PEUX LE SAVOIR ? IL PARLAIT PAS.
SI ÇA SE TROUVE, IL PEUT PAS TE SUPPORTER !
C'EST PAS VRAI !
SI ! TOUT LE MONDE PENSE QUE T'ES UNE PLAIE !
C'EST QUI CELLE-LÀ ?
C'EST MARIANNE.
C'EST LA NIÈCE DE MADAME VIGNES.
ELLE RESTE AU FOYER QUE POUR LES VACANCES.
SI JE SUIS UNE PLAIE, ALORS VOUS ÊTES DES CROÛTES !
JE PRÉFÈRE ÊTRE UNE CROÛTE QU'UNE MOCHETÉ !!!
ELLE SUIT TOROT PARTOUT COMME UN PETIT CHIEN.
ON NE SAIT PAS CE QU'ELLE LUI RACONTE.
ET TOROT LUI RÉPOND ?
NON... JUSQU'À PRÉSENT, IL NE FAISAIT QUE ROTER.

Très bien !
Je m'en vais !
Mais avant, j'ai quelque chose à dire à Thomas.
C'est pas grave si tu préfères traîner avec ces guignols.
Mais n'oublie pas...
Je connais ton secret.
PFFF
Complètement timbrée, celle-là aussi.
L'arbre-sorcière, c'est l'arbre-sorcière.

Demain je vous expliquerai la règle du jeu des morts vivants.
Et comment j'ai découvert l'existence des cinq reliques.
Vous devrez garder le secret jusqu'à la fin de la partie.
N'en parlez à personne.
Si vous décidez de jouer, je vous apprendrai tout ce que je sais des mondes invisibles.
Et si vous survivez aux épreuves...
... vous saurez pourquoi je vous ai choisis pour jouer avec moi.
Hein ?!
Quelles épreuves ?
BURP
Torot !
Attends !!!
Ça veut dire quoi, les mondes invisibles ?
BURP
Il a peut-être trop parlé aujourd'hui...

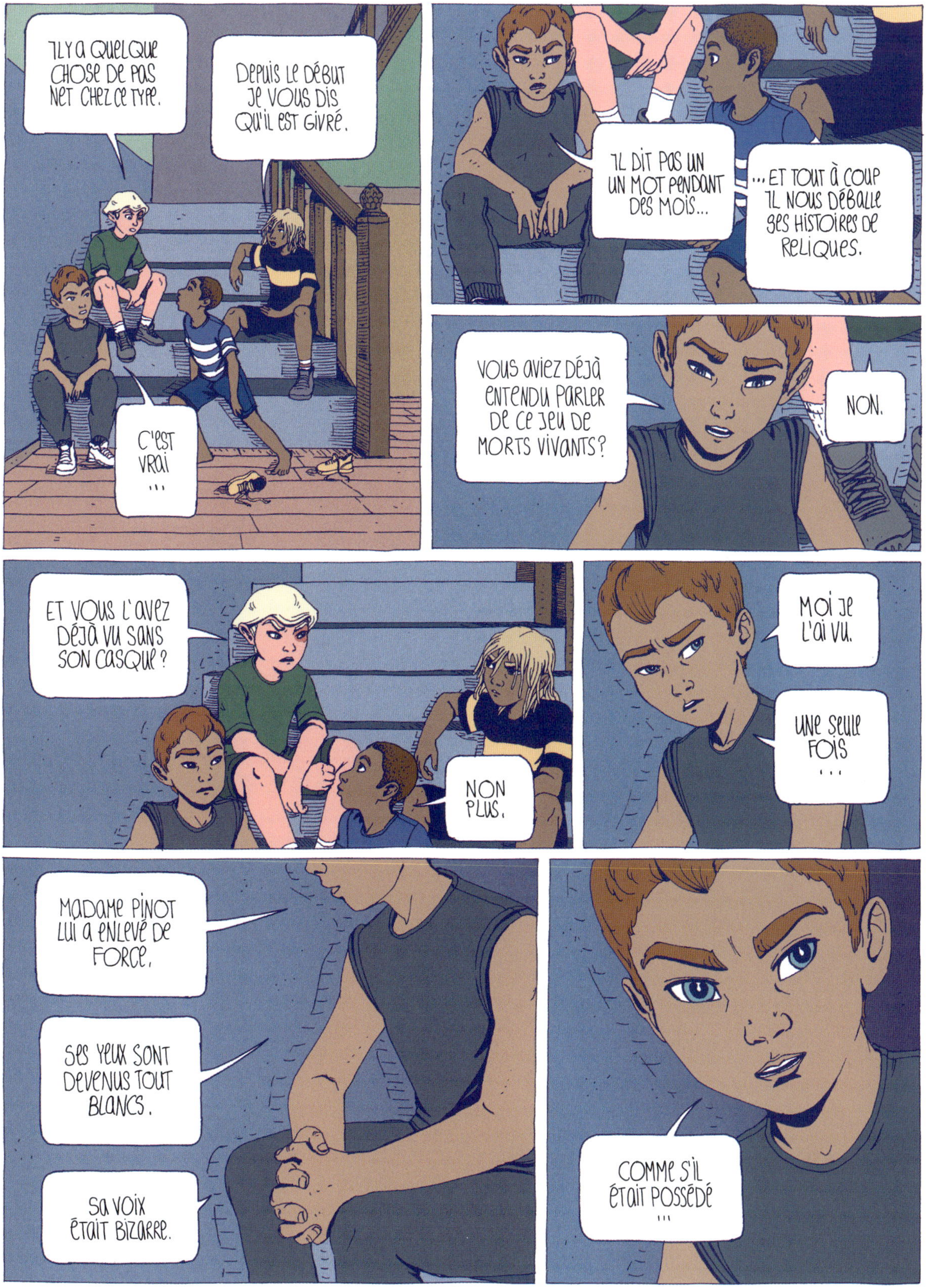
Il y a quelque chose de pas net chez ce type.
Depuis le début je vous dis qu'il est givré.
C'est vrai ...
Il dit pas un un mot pendant des mois...
...et tout à coup il nous déballe ses histoires de reliques.
Vous aviez déjà entendu parler de ce jeu de morts vivants?
Non.
Et vous l'avez déjà vu sans son casque?
Non plus.
Moi je l'ai vu.
une seule fois ...
Madame Pinot lui a enlevé de force.
Ses yeux sont devenus tout blancs.
Sa voix était bizarre.
Comme s'il était possédé ...

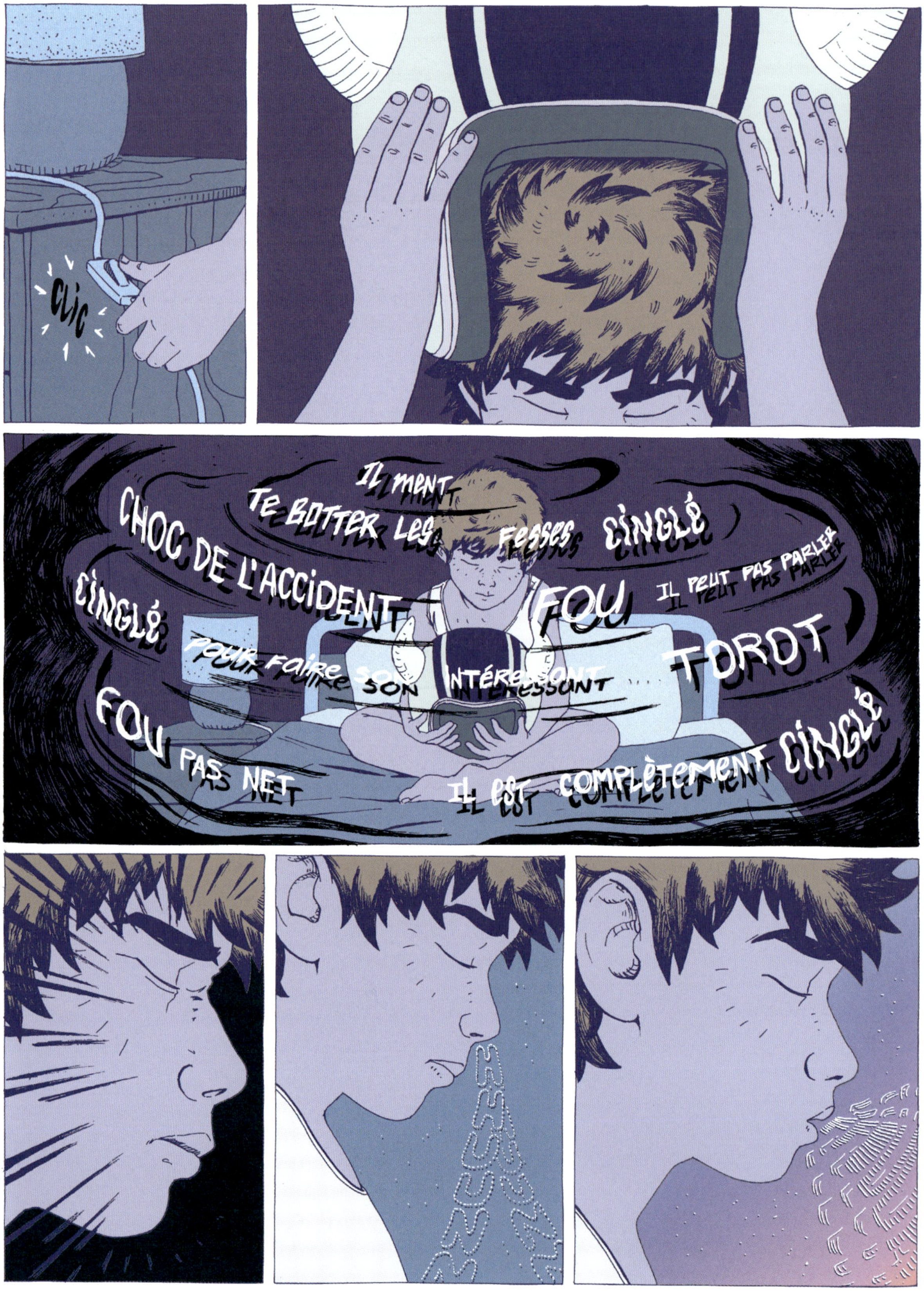
CLIC
IL MENT
TE BOTTER LES FESSES
CINGLÉ
CHOC DE L'ACCIDENT
IL PEUT PAS PARLER
CINGLÉ
FOU
POUR FAIRE SON INTÉRESSANT
TOROT
FOU
PAS NET
IL EST COMPLÈTEMENT CINGLÉ

IL N'Y A QU'UN CIEL, CIEL, CIEL, CIEL, CIEL, CIEL
ENTRE NOTRE MONDE ET LE ROYAUME DE TIKETONE
IL TE FAUDRA D'ABORD RÉUNIR LES RELIQUES DES MORTS VIVANTS
VANTS, VANTS, VANTS

Je suis contente que tu parles, Thomas.
Ça fait drôle d'entendre ta voix.
Je veux dire... en vrai, pas juste dans ma tête.
On peut faire comme d'habitude, si tu préfères.
TAP TAP
Pas besoin d'ouvrir la bouche.
Je t'entends quand même.
Je sais.

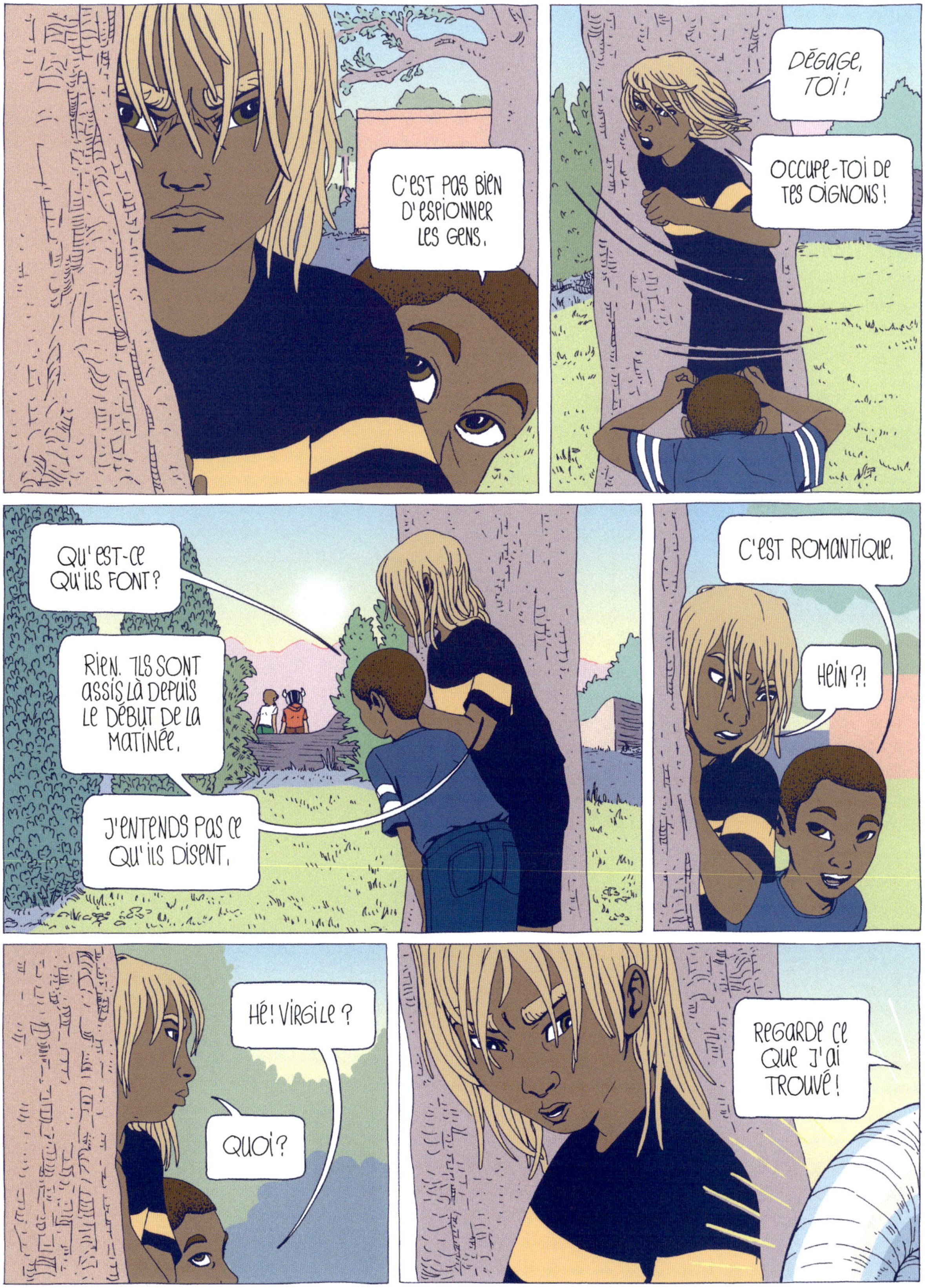
C'EST PAS BIEN D'ESPIONNER LES GENS.
DÉGAGE, TOI !
OCCUPE-TOI DE TES OIGNONS !
QU'EST-CE QU'ILS FONT ?
RIEN. ILS SONT ASSIS LÀ DEPUIS LE DÉBUT DE LA MATINÉE.
J'ENTENDS PAS CE QU'ILS DISENT.
C'EST ROMANTIQUE.
HEIN ?!
HÉ ! VIRGILE ?
QUOI ?
REGARDE CE QUE J'AI TROUVÉ !

ALORS TOI AUSSI T'AS DÉCIDÉ DE JOUER ?
J'EN AI TROUVÉ UNE TOUT À L'HEURE.
J'AI MÊME PAS FAIT EXPRÈS!
ELLE ÉTAIT LÀ.
DÈS QUE J'AI MIS LE PIED DEHORS.
COMME SI ELLE M'ATTENDAIT.
VIRGILE ET ELIOTT ONT DÉJÀ LEURS COQUILLES.
T'AS DÉJÀ FAIT LE MUR, TOI ?
NON.
C'EST IMPOSSIBLE DE SORTIR DE CE TROU.

SALUT, TOROT !
WOUSH
T'AS VU ?
ON A TOUS TROUVÉ LA PREMIÈRE RELIQUE.
QUAND EST-CE QU'ON SORT DU FOYER ?
TOROT !
POURQUOI TU T'EN VAS ?
SUIVEZ-MOI !

ON FAIT QUOI ?
BEN, ÇA SE VOIT PAS?
ON EST PLANTÉS LÀ.
À REGARDER UN CINGLÉ QUI VÉNÈRE UNE COQUILLE VIDE...
HHUUUN
BURP
C'EST PAS UNE COQUILLE VIDE, C'EST UNE RELIQUE !
IL FAUT S'ASSEOIR COMME TOROT !
HHUUNN

ET MAINTENANT ?
FERMEZ LES YEUX ET FAITES COMME MOI.
JE CROYAIS QUE LE BUT DU JEU, C'ÉTAIT DE FAIRE LE MUR...
TAIS-TOI, VIRGILE !
AFFF
RAAH ! MAIS FERMEZ-LA !
C'EST UNE CÉRÉMONIE IMPORTANTE.
TOROT VA NOUS DIRE COMMENT ON JOUE.
PAS VRAI, TOROT ?
LA COQUILLE D'ESCARGOT.
LA PLUME DE MERLE.
LE NID D'ABEILLES.
LA MUE DE SERPENT.
LA DENT DE RENARD.

AVANT DE VOUS EXPLIQUER LA RÈGLE ET DE VOUS PARLER DU MONDE INVISIBLE...
... JE DOIS COMMENCER PAR VOUS RACONTER MON HISTOIRE.
AU DÉBUT VOUS NE ME CROIREZ PAS...
... MAIS IL FAUDRA FAIRE SEMBLANT.
C'EST QUOI CE TRUC DE DINGUE ?
TU NOUS PRENDS POUR DES IMBÉCILES ?
CHUT !
TAISEZ-VOUS !
BURP
C'EST QUOI LE MONDE INVISIBLE ?
C'EST LÀ QUE SE TROUVE MA SOEUR.
TA SOEUR ?
OUI.
BARBARA.

AVANT D'ÊTRE ICI, J'AVAIS UNE SOEUR.
ON VIVAIT SUR UNE COLLINE, COMME CELLE DERRIÈRE LE FOYER.
LÀ D'OÙ JE VIENS...
...ON APPELLE CE GENRE DE COLLINE UN AKÉLARRÉ.
ÇA VEUT DIRE « LANDE AUX ESPRITS ».
VIRGILE ! TU VAS OÙ ?
JE ME CASSE !
TOUT ÇA C'EST POUR LES MIOCHES.
JE CROYAIS QUE TU VOULAIS FAIRE LE MUR.
S'IL TE PLAÎT.
RESTE.
PFFF ... OK.
HMMUUUN
FFOUH
LA FORÊT QUI ENTOURAIT LA COLLINE ÉTAIT TRÈS ANCIENNE.
MA SOEUR DISAIT QU'IL Y AVAIT LÀ UNE PORTE CACHÉE ENTRE LES ARBRES.
ET DERRIÈRE CETTE PORTE, UN PASSAGE ENTRE LES MONDES...

Barbara ne m'a jamais dit comment elle connaissait l'existence de la porte.
Mais elle pouvait voir les choses invisibles que personne ne remarquait.
Elle disait que tout le monde le pouvait.

On a marché pendant des heures.
La nuit était tombée.
On ne voyait rien, mais ma soeur ne voulait pas renoncer.
On est entrés dans un ancien abri de chasse.
Une sorte de tunnel, fait de branches et de fougères desséchées.

Qu'il fallait juste apprendre à écouter...
Je savais bien que c'était dangereux.
Mais je l'ai quand même suivie dans les profondeurs de la forêt.
Pour moi, c'était juste un jeu.
Pour elle, trouver la porte était une question de vie ou de mort.
Tout était sombre et silencieux.
L'air était oppressant.
Comme si rien de vivant n'était entré là depuis très longtemps.
Je n'oublierai jamais cet endroit.

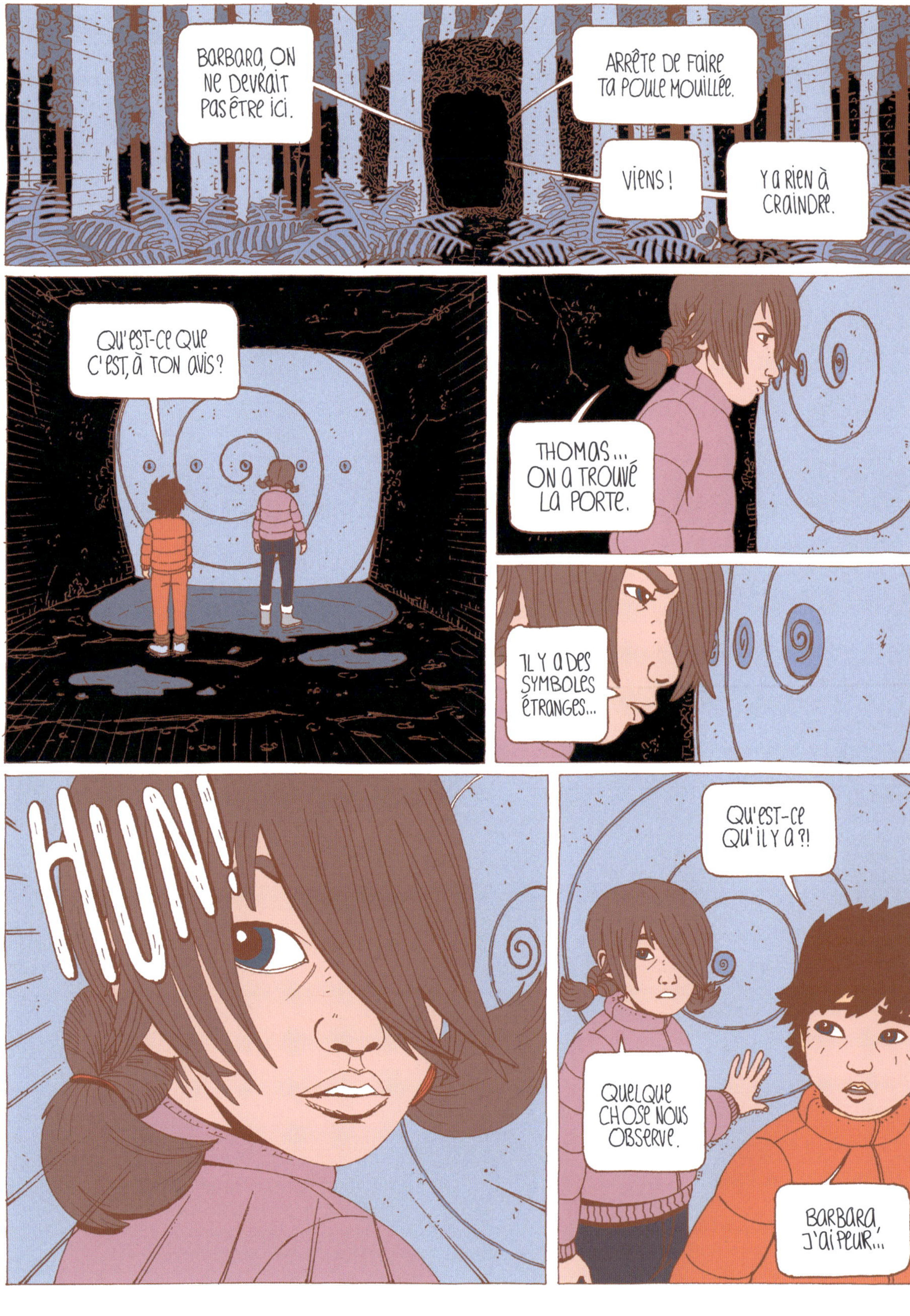

Barbara, on ne devrait pas être ici.
Arrête de faire ta poule mouillée.
Viens !
Y a rien à craindre.
Qu'est-ce que c'est, à ton avis ?
Thomas... on a trouvé la porte.
Il y a des symboles étranges...
HIIN !
Qu'est-ce qu'il y a ?!
Quelque chose nous observe.
Barbara, j'ai peur...

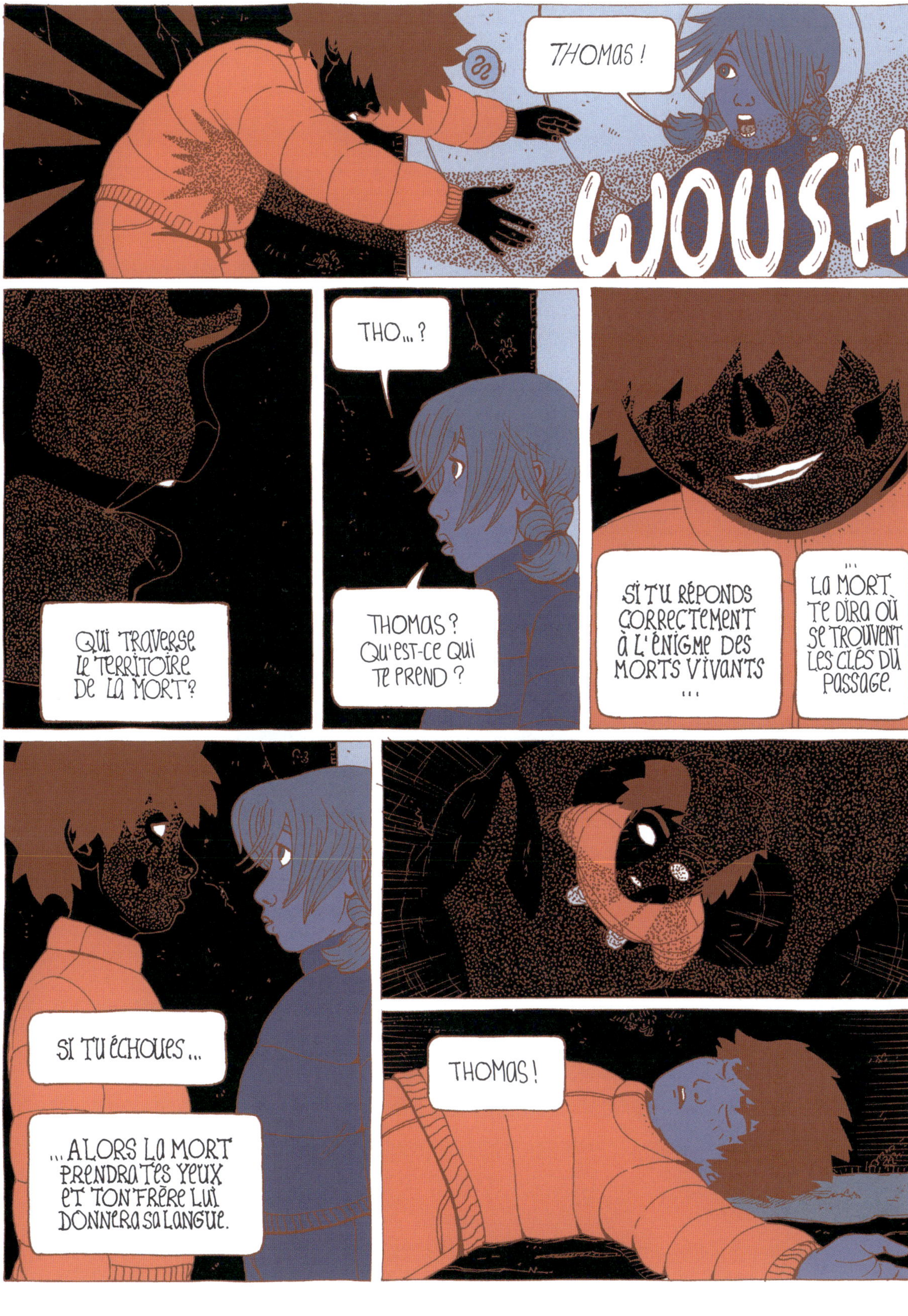
THOMAS !
WOUSH
QUI TRAVERSE LE TERRITOIRE DE LA MORT ?
THO... ?
THOMAS ? QU'EST-CE QUI TE PREND ?
SI TU RÉPONDS CORRECTEMENT À L'ÉNIGME DES MORTS VIVANTS ...
... LA MORT TE DIRA OÙ SE TROUVENT LES CLÉS DU PASSAGE.
SI TU ÉCHOUES ...
... ALORS LA MORT PRENDRA TES YEUX ET TON FRÈRE LUI DONNERA SA LANGUE.
THOMAS !

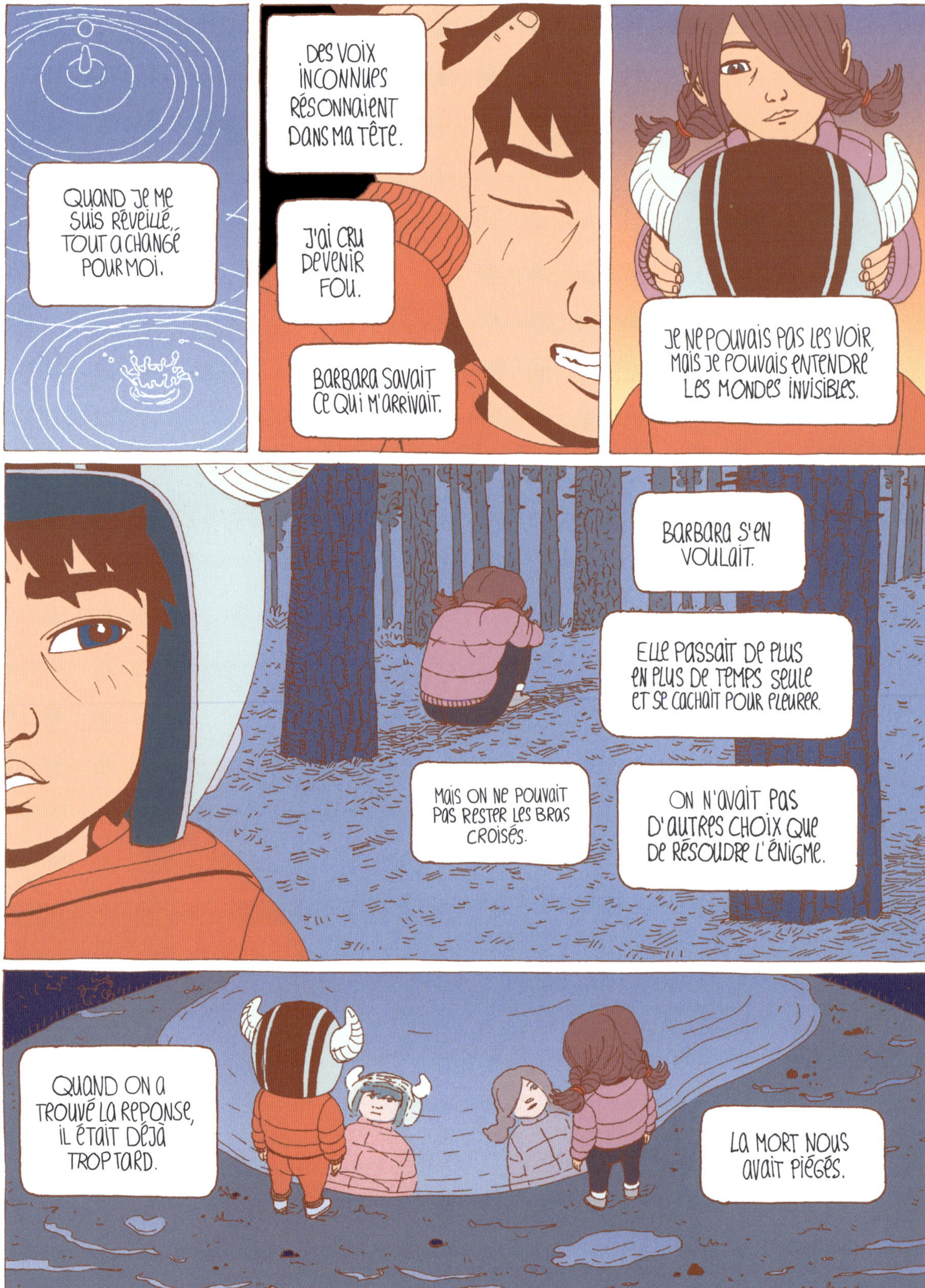
Quand je me suis réveillé, tout a changé pour moi.
Des voix inconnues résonnaient dans ma tête.
J'ai cru devenir fou.
Barbara savait ce qui m'arrivait.
Je ne pouvais pas les voir, mais je pouvais entendre les mondes invisibles.
Barbara s'en voulait.
Elle passait de plus en plus de temps seule et se cachait pour pleurer.
Mais on ne pouvait pas rester les bras croisés.
On n'avait pas d'autres choix que de résoudre l'énigme.
Quand on a trouvé la reponse, il était déjà trop tard.
La mort nous avait piégés.

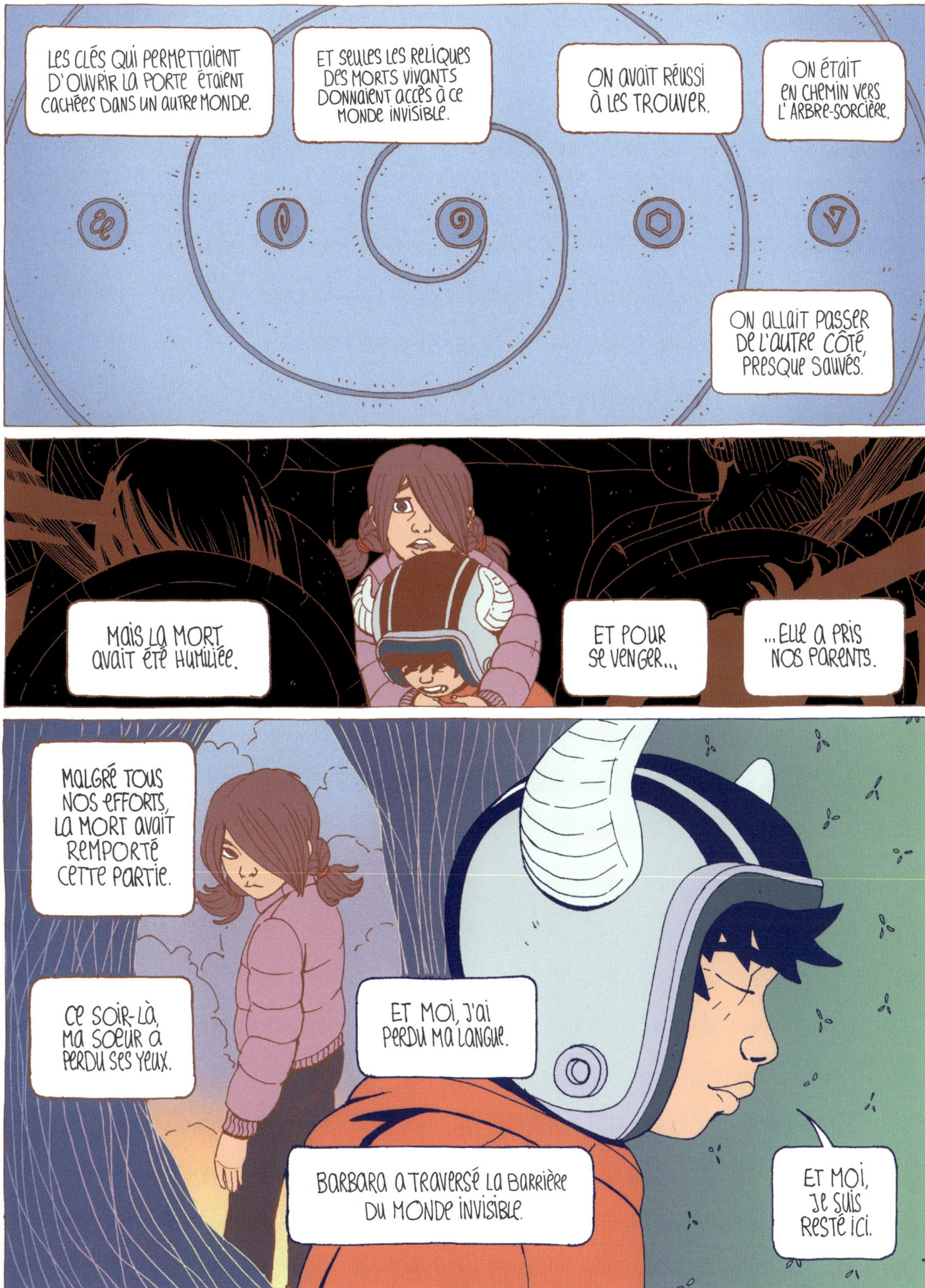

Les clés qui permettaient d'ouvrir la porte étaient cachées dans un autre monde.
Et seules les reliques des morts vivants donnaient accès à ce monde invisible.
On avait réussi à les trouver.
On était en chemin vers l'Arbre-Sorcière.
On allait passer de l'autre côté, presque sauvés.
Mais la mort avait été humiliée.
Et pour se venger...
...elle a pris nos parents.
Malgré tous nos efforts, la mort avait remporté cette partie.
Ce soir-là, ma soeur a perdu ses yeux.
Et moi, j'ai perdu ma langue.
Barbara a traversé la barrière du monde invisible.
Et moi, je suis resté ici.

Pourquoi elle est partie ?
Je ne sais pas.
Elle a juste disparu.
Elle est devenue invisible ?
Et l'énigme de la mort ?
C'était quoi ?
L'énigme ?
Je vais vous la donner.
Mais quand vous l'aurez entendue ...
...vous deviendrez visibles à l'invisible.
Et il sera trop tard pour faire marche arrière.

ALLEZ ! BALANCE-LA, TON ÉNIGME.
MOI J'AI PAS PEUR !
EUH ... OK.
SI VOUS ÊTES SÉRIEUX ...
... ALORS IL FAUDRA FAIRE CE QUE JE DIS.
C'EST TRÈS IMPORTANT.
ON DOIT FAIRE QUOI ?
FERMEZ LES YEUX ET RESPIREZ.
COMME MOI, AU MÊME RYTHME QUE MOI.
IMAGINEZ QUE L'ÉNIGME FLOTTE DOUCEMENT AUTOUR DE VOUS.
COMME SI LES MOTS ÉTAIENT AUSSI LÉGERS ET TRANSPARENTS QUE DE L'AIR.

HHHHHUN
OOUFFFF

IL N'Y A QU'UN CIEL
...
ENTRE NOTRE MONDE
ET LE ROYAUME DE TIKETONE.

IL VOUS FAUDRA
D'ABORD RÉUNIR
LES RELIQUES DES
MORTS VIVANTS.

TROIS PASSAGES SERONT NÉCESSAIRES...
... POUR PRÉSENTER VOS TRÉSORS À L'ARBRE-SORCIÈRE.
L'ESCARRE DE PLUME LUI PIQUE LA PEAU DES DENTS.
GARE AUX GARDIENS AILÉS ...
FRRR FRRR
... SI VOUS TREMBLEZ.
DOUZE HEURES POUR LE CHERCHEUR ...
... L'ÉTERNITÉ POUR LE GAGNANT.

UN COEUR PUR...
... ET TROIS YEUX GRANDS OUVERTS...
... OUVRENT LA PORTE DU PRÉSENT.

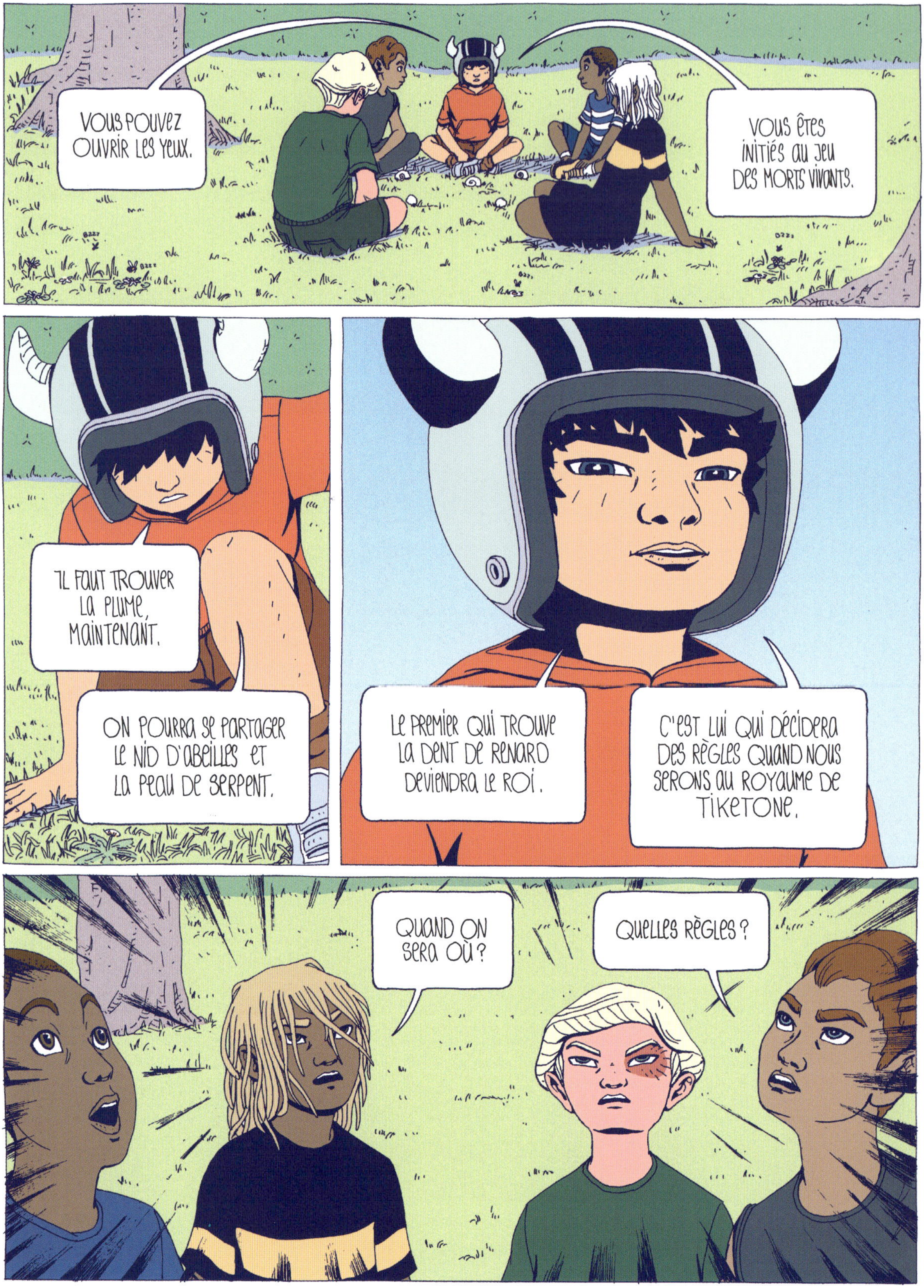
VOUS POUVEZ OUVRIR LES YEUX.
VOUS ÊTES INITIÉS AU JEU DES MORTS VIVANTS.
IL FAUT TROUVER LA PLUME, MAINTENANT.
ON POURRA SE PARTAGER LE NID D'ABEILLES ET LA PEAU DE SERPENT.
LE PREMIER QUI TROUVE LA DENT DE RENARD DEVIENDRA LE ROI.
C'EST LUI QUI DÉCIDERA DES RÈGLES QUAND NOUS SERONS AU ROYAUME DE TIKETONE.
QUAND ON SERA OÙ ?
QUELLES RÈGLES ?

Le royaume de Tiketone ?
C'est quoi cette histoire de roi ?
YAHAA !
Ce sera moi le roi du jeu !
Je sais pas si c'est vraiment un jeu, Eliott.
C'est qui ce gars ?
Vous avez vu quand les coquilles ont bougé ?
Qu'est-ce que tu racontes, abruti ?
C'est du baratin tout ça.
Je sais pas...
Pourquoi il inventerait une histoire pareille ?
Hééé !
Mais ... ?
Regardez ça !

VOUS VOYEZ CE QUE JE VOIS ?
WAW !
J'avais RAISON !
C'EST TROP BIZARRE ... C'EST PAS NORMAL.
Hééé ! TOROT !
ATTENDS-NOUS !
MAINTENANT C'EST SÛR.
CE TYPE EST LOUCHE.
Ouais.
APRÈS TOUT ...
... PEUT-ÊTRE BIEN QU'IL A VU LA MORT.

TOROT TOROT !
COMMENT T'AS FAIT LE DESSIN DANS L'HERBE ?
CE N'EST PAS MOI.
C'EST QUOI CETTE HISTOIRE DE ROYAUME ?
C'EST TOI QUI L'AS INVENTÉE ?
NON.
COMMENT TU SAIS QUE ÇA EXISTE, ALORS ?
JE LE SAIS, C'EST TOUT.
À QUOI ÇA RESSEMBLE, ALORS ?
C'EST LE ROI QUI DÉCIDE.
C'EST À LUI DE LE TROUVER.
ET IL Y A VRAIMENT UNE PORTE DANS LA FORÊT ?
OUI.
ALORS POURQUOI T'AS ATTENDU TOUT CE TEMPS POUR CHERCHER LES RELIQUES ?
C'EST PARCE QUE LA MORT AVAIT PRIS TA LANGUE ?
OUI ... SANS DOUTE.

N'importe quoi.
C'est juste une expression.
Réfléchis !
Eliott a raison.
Quoi ? Cet abruti ?
Si tu réfléchis trop, alors tu ne peux pas comprendre l'énigme.
C'est de l'intuition.
AH HA !
Tu vois, Virgile !
Ça change rien au fait que t'es un abruti.
Abruti toi-même !
Dis, Torot ?
Pourquoi t'as décidé de nous parler du jeu à nous quatre et pas aux autres du foyer ?
Je ne peux pas vous le dire tout de suite.
L'escarre de plume lui pique la peau des dents.

TAP TAP TAP
Tui, Tui ?
Tui
Tuii
Tuiii

Tuiii
tui
Tuiii
FRR FRR
PFFF
Tuiii
tui
Tuii

ÇA Y EST !
ON A LES PLUMES !
C'EST MOI QUI L'AI TROUVÉE EN PREMIER !
ET MAINTENANT ?
ON EN FAIT QUOI ?
MAINTENANT ?
IL FAUT ATTENDRE LE COUCHER DU SOLEIL.
HEIN ?!
MAIS POURQUOI ?
TU VAS OÙ ?
BURP
RENDEZ-VOUS DANS LE COULOIR DU RÉFECTOIRE APRÈS LE DÎNER.
JE VOUS RETROUVERAI DEVANT LA FENÊTRE.

Je veux SORTIR!
Je veux SORTIR!
Je veux SORTIR!
Je veux SORTIR!
Je veux SORTIR!
??
Je veux SORTIR!
Je veux SORTIR!
THOMAS ?
TOUT VA BIEN ?
Je veux SORTIR!
Je veux SORTIR!
MADAME VIGNES ET MOI, ÉTIONS JUSTEMENT EN TRAIN DE PARLER DE TES PROGRÈS.
THOMAS ?
ÇA FAIT PLAISIR DE TE VOIR COMMUNIQUER.
Je veux SORTIR!
Je veux SORTIR!
TU SAIS QUE SI TU AS LA MOINDRE INTERROGATION, NOUS SOMMES LÀ.
VOTRE BÉBÉ.
OUI ?
IL DIT QU'IL VEUT SORTIR.

IL N'Y A QU'UN CIEL ENTRE NOTRE MONDE ET LE ROYAUME DE TIKETONE.
LE ROYAUME DE TI-KE-TO-NE.
QU'EST-CE QUI VA SE PASSER CE SOIR, À VOTRE AVIS ?
JE SAIS PAS.
UN TRUC MYSTÉRIEUX, J'IMAGINE.
TOUT EST POSSIBLE AVEC CE TYPE.
TSSS
IL COMMENCE À M'ÉNERVER À JOUER LES TYPES MYSTÉRIEUX.
SI VOUS VOULEZ MON AVIS, IL SE COMPORTE COMME S'IL ÉTAIT DÉJÀ ROI DE TIKETONE.
IL NOUS EXPLIQUE LES RÈGLES MORCEAU PAR MORCEAU.
ET SEULEMENT QUAND IL EN A ENVIE.
QU'EST-CE QUE TU VEUX DIRE ?

IL NOUS A RACONTÉ UNE HISTOIRE À DORMIR DEBOUT SUR LA MORT QUI A PRIS SA LANGUE.
ET SUR SA SOEUR QUI SE CACHE DANS UN ROYAUME INVISIBLE.
IL A RÉSOLU L'ÉNIGME MAIS IL A BESOIN DE NOUS POUR TROUVER LES RELIQUES.
ET IL REFUSE DE NOUS DIRE POURQUOI.
PFFF
BANDE DE GUIGNOLS.
QU'EST-CE QU'ELLE VEUT, CELLE-LÀ ?
VOUS SAVIEZ QU'IL AVAIT UNE SOEUR ?
NON.
MADAME VIGNES N'EN A JAMAIS PARLÉ.
MARIANNE, C'EST SÛR, ELLE LE SAIT.
ELLE SAIT CE QUE CACHE TOROT.

???
POURQUOI TU ME SUIS ?
ALORS ?
ET TOI ?
QU'EST-CE QUE TU SAIS SUR TOROT ?

Je ne sais pas de quoi tu parles.
L'autre jour, t'as dit que tu connaissais son secret.
Alors ? C'est quoi ?
Ça ne te regarde pas.
Tu savais qu'il avait une soeur ?
C'est pas tes oignons !
Va jouer les détectives ailleurs !
Je sais que tu nous as vus ce matin.
Si tu me dis son secret ...
... je demanderai à Torot qu'il te laisse jouer avec nous.

UN ESCARGOT, UN MERLE, UNE ABEILLE, UN SERPENT, UN RENARD. UN ESCARGOT, UN MERLE, UNE ABEILLE, UN SERPENT, UN...
FERME-LA, ELIOTT!
TU TOURNES EN BOUCLE.
IL N'EST PAS LE SEUL.
QU'EST-CE QUE TU RACONTES?
RIEN.
J'AI LES OREILLES QUI BOURDONNENT DEPUIS CE MATIN.
VOILÀ LE CINGLÉ!
T'ÉTAIS OÙ?
ÇA FAIT DES PLOMBES QU'ON T'ATTEND!
EUH... TOROT? QU'EST-CE QUE TU REGARDES?
C'EST BON.
ON PEUT Y ALLER.
AÏE! TU M'AS MARCHÉ SUR LE PIED!

WAOUH !!!
Dépêchez-vous !
Ça va bientôt commencer.
La voie est libre.
OK !
On y va !
Si on se fait prendre, je lui fais bouffer sa plume !

C'est quoi encore ce délire ?
C'est l'escalier qui monte sur le toit de la cantine.
PFFF
Normalement, on a pas le droit d'y aller.
Madame Vignes a dit que c'était dangereux.
C'est pas du tout dangereux !
Je l'ai vue monter plein de fois avec Monsieur Pécharmant.
Ils se cachent sur le toit pour comploter contre Madame Pinot.
N'importe quoi !
Taisez-vous !
Tout le monde va nous entendre !

WAOUH !!!
ON VOIT TOUT D'ICI !

C'est un peu haut, non ?
Euh... Torot ?
Qu'est-ce que tu fais ?
T'as pas peur de tomber ?
Si tu imagines que t'as des ailes, alors tu ne peux pas tomber.
Ça fait partie de l'initiation des gardiens.
Et toi tu t'imagines qu'on va t'imiter ?
Si tu veux bien l'entendre, c'est comme ça qu'il faut faire.
Entendre qui ?
Lui.

J'ai pas besoin de monter sur un mur pour écouter un piaf chanter.
Je suis très bien là où je suis !
C'est pourtant ce qu'il faut faire.
Si tu veux connaître le secret pour s'envoler.
Il faut monter sur le mur.
Moi je veux apprendre à voler !
Alors monte.
Et écoute celui qui chante au bord du vide.
Car le merle est le gardien du deuxième souffle secret.

De quoi tu parles ?
Tu ne nous as jamais parlé de souffle.
Euh ... Ah oui.
J'ai oublié.
Ce matin, je vous ai dit de respirer comme moi pendant que je récitais l'énigme.
C'était le premier souffle.
Le souffle du commun.
Et ça sert à quoi de souffler, au juste ?
On en aura besoin pour survivre dans le monde invisible.
Souffler ici réveille les pouvoirs endormis là-bas.
Il y a un souffle pour chaque relique...
...et un mouvement secret pour chaque souffle.
Je vais vous apprendre les trois premiers souffles.
Pour les deux autres, on attendra d'être au royaume de Tiketone.

POURQUOI ON DOIT ATTENDRE ?
PARCE QU'ILS PEUVENT ÊTRE DANGEREUX.
IL FAUT D'ABORD HABITUER VOS ESPRITS À LA MAGIE DES TROIS PREMIERS.
LE SOUFFLE QUE VOUS ALLEZ APPRENDRE CE SOIR S'APPELLE LE SOUFFLE DE L'ANGE.
IL PERMET À L'ESPRIT DE VOYAGER SANS SON CORPS.
ET COMMENT ON SAIT QUE ÇA MARCHE, TON TRUC D'ANGE ?
SI EN RESPIRANT VOUS SENTEZ QUE DES AILES POUSSENT DANS VOTRE DOS, ALORS ÇA MARCHE.
PEUT-ÊTRE MÊME QUE VOUS ALLEZ FLOTTER EN L'AIR.
DANS TIKETONE, LE SOUFFLE DE L'ANGE ASSOCIÉ AU MOUVEMENT SECRET PERMET DE S'ENVOLER.
ET QUAND ON SAIT VOLER, ON N'A PLUS PEUR DU VIDE...

FAIS GAFFE, ELIOTT.
FAIS GAFFE TOI-MÊME, VIRGILE !
C'EST PAS SI HAUT QUE CE QUE JE PENSAIS, FINALEMENT.
ALLEZ, FLORIAN ! MONTE !
FAIS PAS TA POULE MOUILLÉE !
NON !
VOUS ME FEREZ PAS MONTER LÀ-DESSUS !
JE REDESCENDS !
ALLEZ, C'EST RIEN !
LÂCHEUR !
ATTENDS !
TU NE PEUX PAS PARTIR.
ET POURQUOI ÇA ?

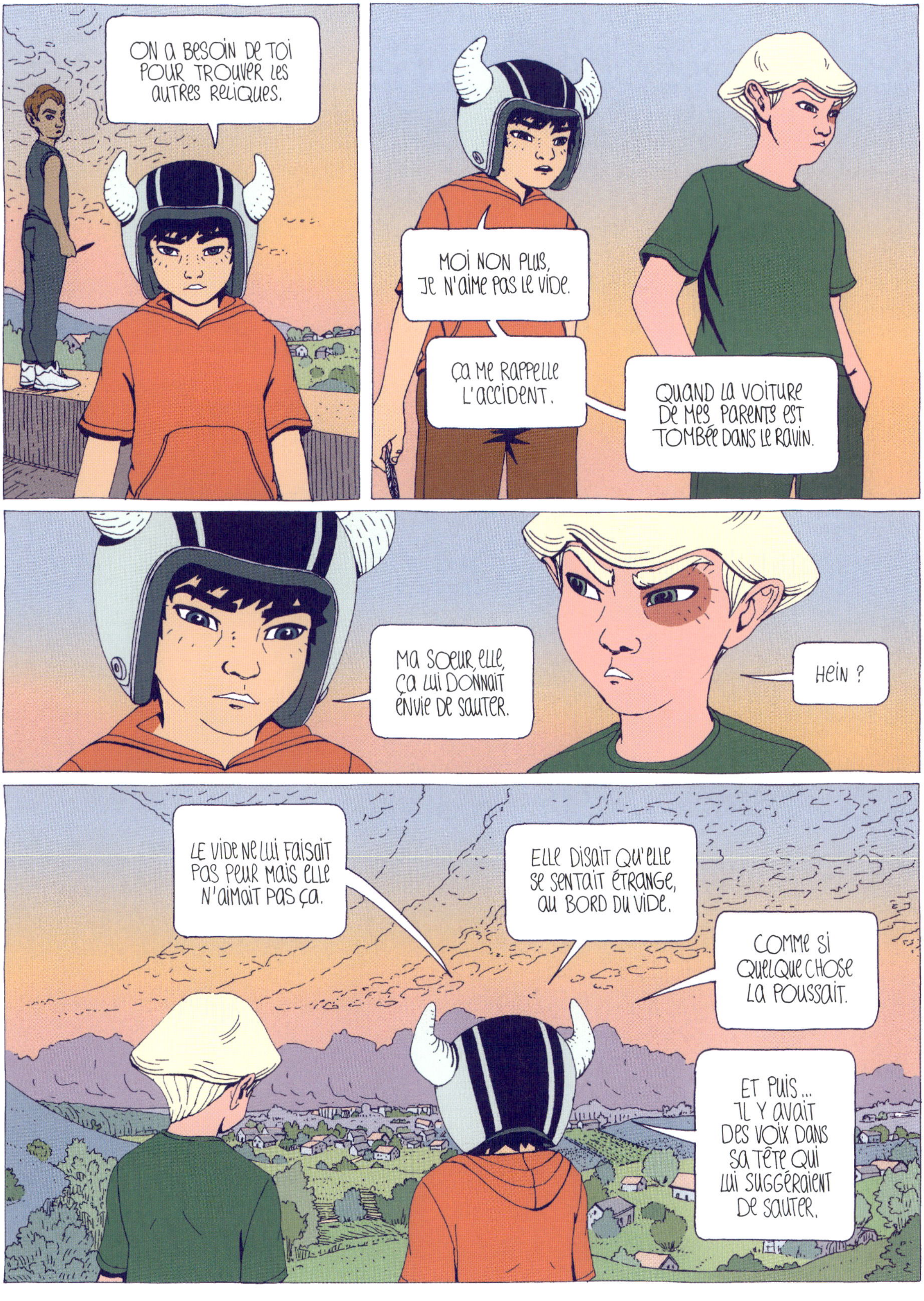
ON A BESOIN DE TOI POUR TROUVER LES AUTRES RELIQUES.
MOI NON PLUS, JE N'AIME PAS LE VIDE.
ÇA ME RAPPELLE L'ACCIDENT.
QUAND LA VOITURE DE MES PARENTS EST TOMBÉE DANS LE RAVIN.
MA SOEUR, ELLE, ÇA LUI DONNAIT ENVIE DE SAUTER.
HEIN ?
LE VIDE NE LUI FAISAIT PAS PEUR MAIS ELLE N'AIMAIT PAS ÇA.
ELLE DISAIT QU'ELLE SE SENTAIT ÉTRANGE, AU BORD DU VIDE.
COMME SI QUELQUE CHOSE LA POUSSAIT.
ET PUIS... IL Y AVAIT DES VOIX DANS SA TÊTE QUI LUI SUGGÉRAIENT DE SAUTER.

Je pouvais entendre les menaces chuchotées à l'oreille de ma sœur par les voix hurlantes.
J'avais toujours peur quand elle s'approchait d'une fenêtre.
Il était impossible de savoir à quoi elle pensait quand elle se trouvait là.
Il y avait cet oiseau, ce merle, qui venait chanter tous les soirs, au coucher du soleil.
Barbara disait que son chant était magique.
Comme une incantation qui faisait disparaître les voix du vide.
Si elle se concentrait suffisamment, elle parvenait à le comprendre.
Il était inutile de traduire ce chant dans notre langue.

Il fallait juste écouter.
Et laisser la mélodie s'envoler pour qu'elle remplisse le ciel du monde invisible.
C'est grâce aux oiseaux qu'on a découvert le langage codé de l'énigme.
Comme le chant du merle, les mots étaient volatils.
Leur sens ne résonnait que dans les airs.
Tu peux rester là où tu es pour le moment.
Tu n'auras qu'à monter quand tu seras prêt.
De toute façon, je dois vous montrer le deuxième souffle.

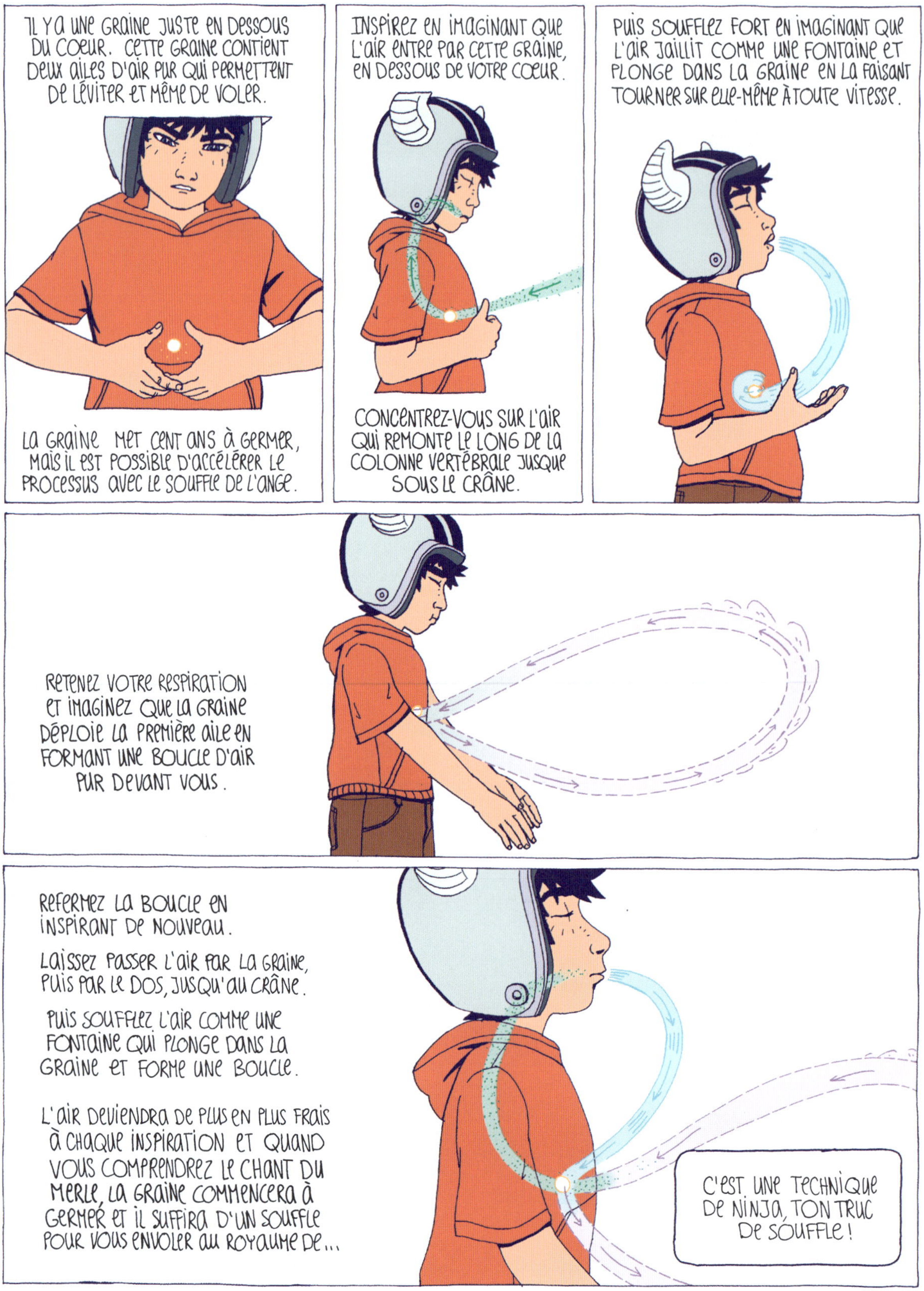
IL Y A UNE GRAINE JUSTE EN DESSOUS DU COEUR. CETTE GRAINE CONTIENT DEUX AILES D'AIR PUR QUI PERMETTENT DE LÉVITER ET MÊME DE VOLER.
LA GRAINE MET CENT ANS À GERMER, MAIS IL EST POSSIBLE D'ACCÉLÉRER LE PROCESSUS AVEC LE SOUFFLE DE L'ANGE.
INSPIREZ EN IMAGINANT QUE L'AIR ENTRE PAR CETTE GRAINE, EN DESSOUS DE VOTRE COEUR.
CONCENTREZ-VOUS SUR L'AIR QUI REMONTE LE LONG DE LA COLONNE VERTÉBRALE JUSQUE SOUS LE CRÂNE.
PUIS SOUFFLEZ FORT EN IMAGINANT QUE L'AIR JAILLIT COMME UNE FONTAINE ET PLONGE DANS LA GRAINE EN LA FAISANT TOURNER SUR ELLE-MÊME À TOUTE VITESSE.
RETENEZ VOTRE RESPIRATION ET IMAGINEZ QUE LA GRAINE DÉPLOIE LA PREMIÈRE AILE EN FORMANT UNE BOUCLE D'AIR PUR DEVANT VOUS.
REFERMEZ LA BOUCLE EN INSPIRANT DE NOUVEAU.
LAISSEZ PASSER L'AIR PAR LA GRAINE, PUIS PAR LE DOS, JUSQU'AU CRÂNE.
PUIS SOUFFLEZ L'AIR COMME UNE FONTAINE QUI PLONGE DANS LA GRAINE ET FORME UNE BOUCLE.
L'AIR DEVIENDRA DE PLUS EN PLUS FRAIS À CHAQUE INSPIRATION ET QUAND VOUS COMPRENDREZ LE CHANT DU MERLE, LA GRAINE COMMENCERA À GERMER ET IL SUFFIRA D'UN SOUFFLE POUR VOUS ENVOLER AU ROYAUME DE...
C'EST UNE TECHNIQUE DE NINJA, TON TRUC DE SOUFFLE !

C'est vrai ! Les ninjas, ils savent léviter.
NON, ils savent pas léviter !
Si! Ils savent léviter!
FERMEZ-LA !!!

Tui
Tui
Tuiii
Tuii

PFFF
ÇA MARCHE PAS TON TRUC.
Hé!
ILS SONT PASSÉS OÙ ?
ELIOTT, T'ES OÙ ?
VOUS CROYEZ QU'ILS SONT TOMBÉS ?
ROBIN !
VIRGILE !
FLORIAN !
DESCENDEZ TOUT DE SUITE DE CE MUR !

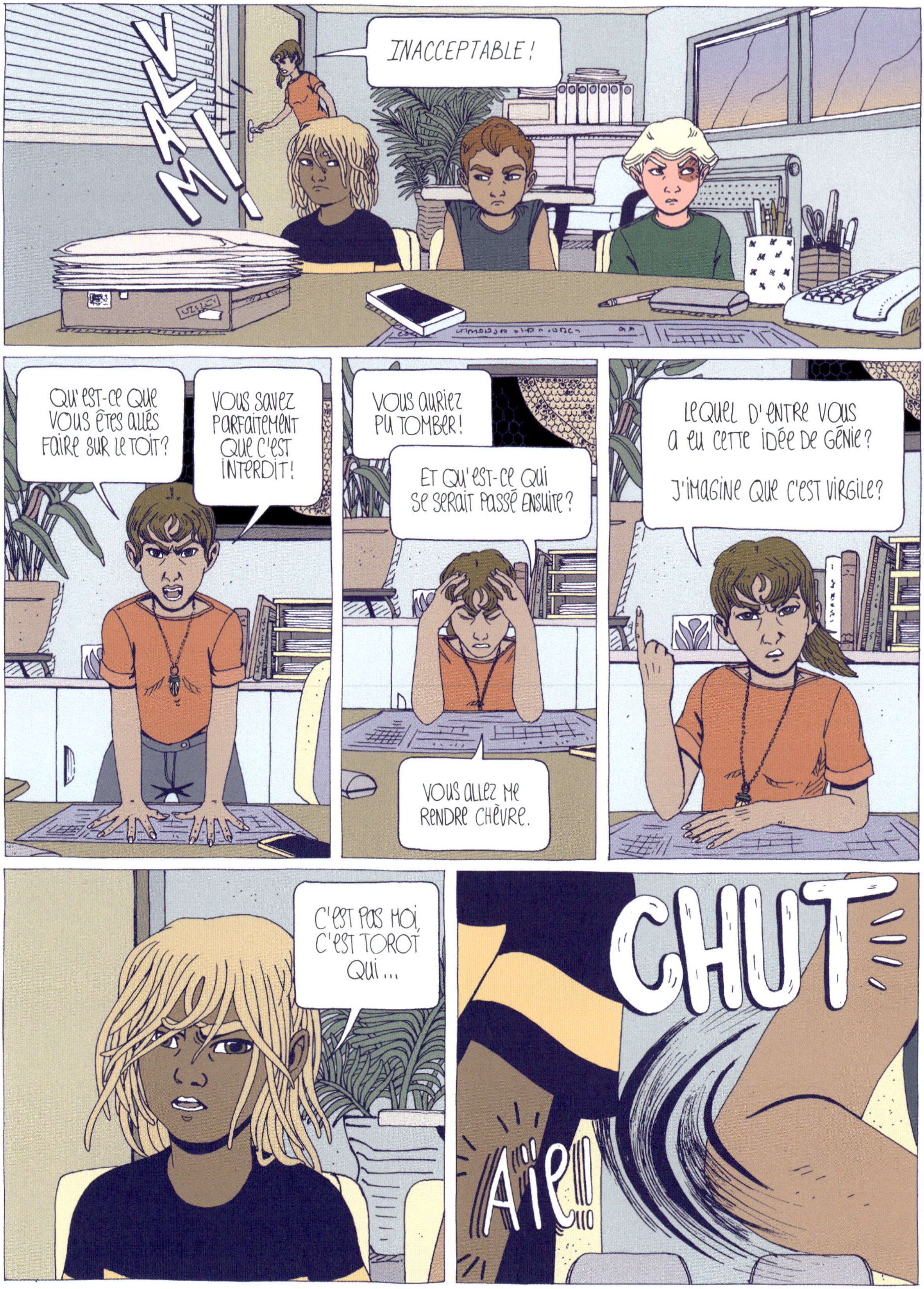
VLAM !
INACCEPTABLE !
Qu'est-ce que vous êtes allés faire sur le toit ?
Vous savez parfaitement que c'est interdit !
Vous auriez pu tomber !
Et qu'est-ce qui se serait passé ensuite ?
Vous allez me rendre chèvre.
Lequel d'entre vous a eu cette idée de génie ?
J'imagine que c'est Virgile ?
C'est pas moi, c'est Torot qui...
CHUT
Aïe !!

TOROT ?
QU'EST-CE QUE VOUS COMPLOTEZ CONTRE THOMAS?
C'EST DONC POUR ÇA QUE VOUS ÊTES MONTÉS SUR LE TOIT ?
POUR FAIRE UNE MAUVAISE BLAGUE À THOMAS ?
ROBIN ?
QU'EST CE QUE JE T'AI DEMANDÉ QUAND THOMAS EST ARRIVÉ AU FOYER ?
EUH...
DE FAIRE ATTENTION À LUI.
EST-CE QUE C'EST COMME ÇA QUE TU FAIS ATTENTION À THOMAS ?
EN FAISANT LE PITRE SUR LE TOIT DU RÉFECTOIRE ?
JE PENSAIS QUE VOUS ÉTIEZ PLUS SAGES QUE ÇA, TOUS LES TROIS.
VOUS VOUS RENDEZ COMPTE QUE VOUS AURIEZ PU TRÉBUCHER ET VOUS TUER ?
VOUS PENSEZ QUE C'EST INTELLIGENT D'ENTRAÎNER THOMAS DANS VOS BÊTISES ?

THOMAS EST LE SEUL SURVIVANT D'UN TERRIBLE ACCIDENT.
VOUS VOYEZ BIEN QU'IL EST ENCORE TRÈS PERTURBÉ.
VOUS AVEZ TOUS LES TROIS TRAVERSÉ DES EXPÉRIENCES SIMILAIRES.
ALORS JE VOUS PRIERAI DE FAIRE ATTENTION.
À PRÉSENT ! EN CE QUI CONCERNE VOTRE INDISCIPLINE...
... JE NE PEUX PAS FERMER LES YEUX.
VOUS CONNAISSEZ LA CHANSON.

HEIN ?!
Oui.
VOUS M'avez bien entendue !
VOUS êtes TOUS LES TROIS PUNIS !
VRRRR
Oui, allô ?
Restez là, vous autres.
Je n'en ai pas fini avec vous !
BZZZ
BZZZ

ROBIN! Qu'est-ce que tu fais ?!
C'est la troisième relique !
T'es fou !
On va se faire piquer !
Je prends juste un morceau.
Ça ne se verra pas...
Ne vous inquiétez de rien...
Dépêche-toi, ROBIN !
Elle arrive !
... Tout est sous contrôle !
HHUUN!

C'était madame Pinot.
Bien.
Son bébé arrive.
Elle est en route pour la maternité.
Madame ?
Il est où, mon frère ?
Dans la salle commune.
Où veux-tu qu'il soit ?
Qu'est-ce que vous avez ?
On a l'impression que je vais vous envoyer à l'échafaud.
Bon ! Je vous mets tous les trois au balayage du réfectoire !
Matin, midi et soir !
Quoi ?!

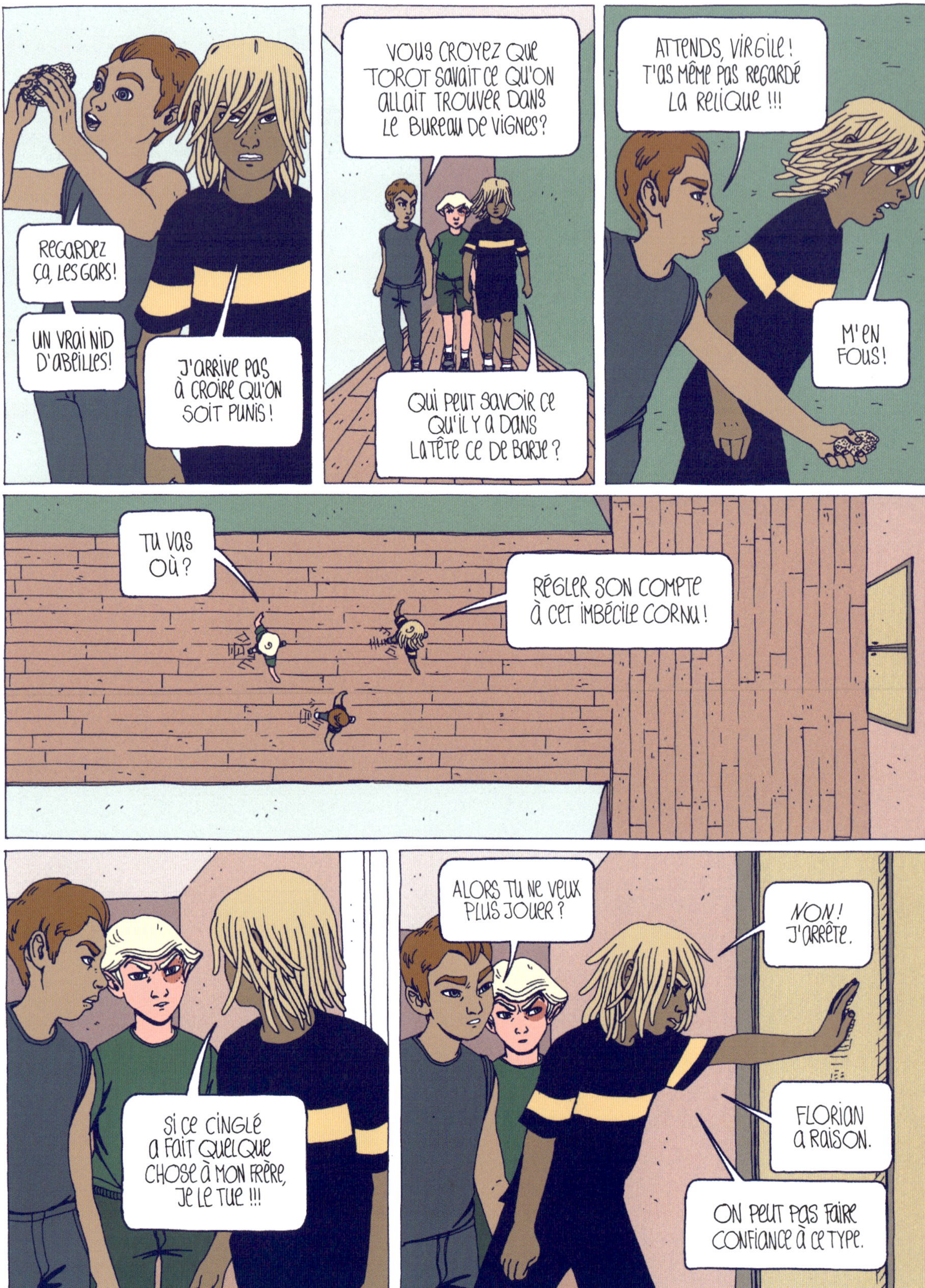
Regardez ça, les gars !
Un vrai nid d'abeilles !
J'arrive pas à croire qu'on soit punis !
Vous croyez que Torot savait ce qu'on allait trouver dans le bureau de Vignes ?
Qui peut savoir ce qu'il y a dans la tête ce de barje ?
Attends, Virgile ! T'as même pas regardé la relique !!!
M'en fous !
Tu vas où ?
Régler son compte à cet imbécile cornu !
Si ce cinglé a fait quelque chose à mon frère, je le tue !!!
Alors tu ne veux plus jouer ?
NON ! J'arrête.
Florian a raison.
On peut pas faire confiance à ce type.

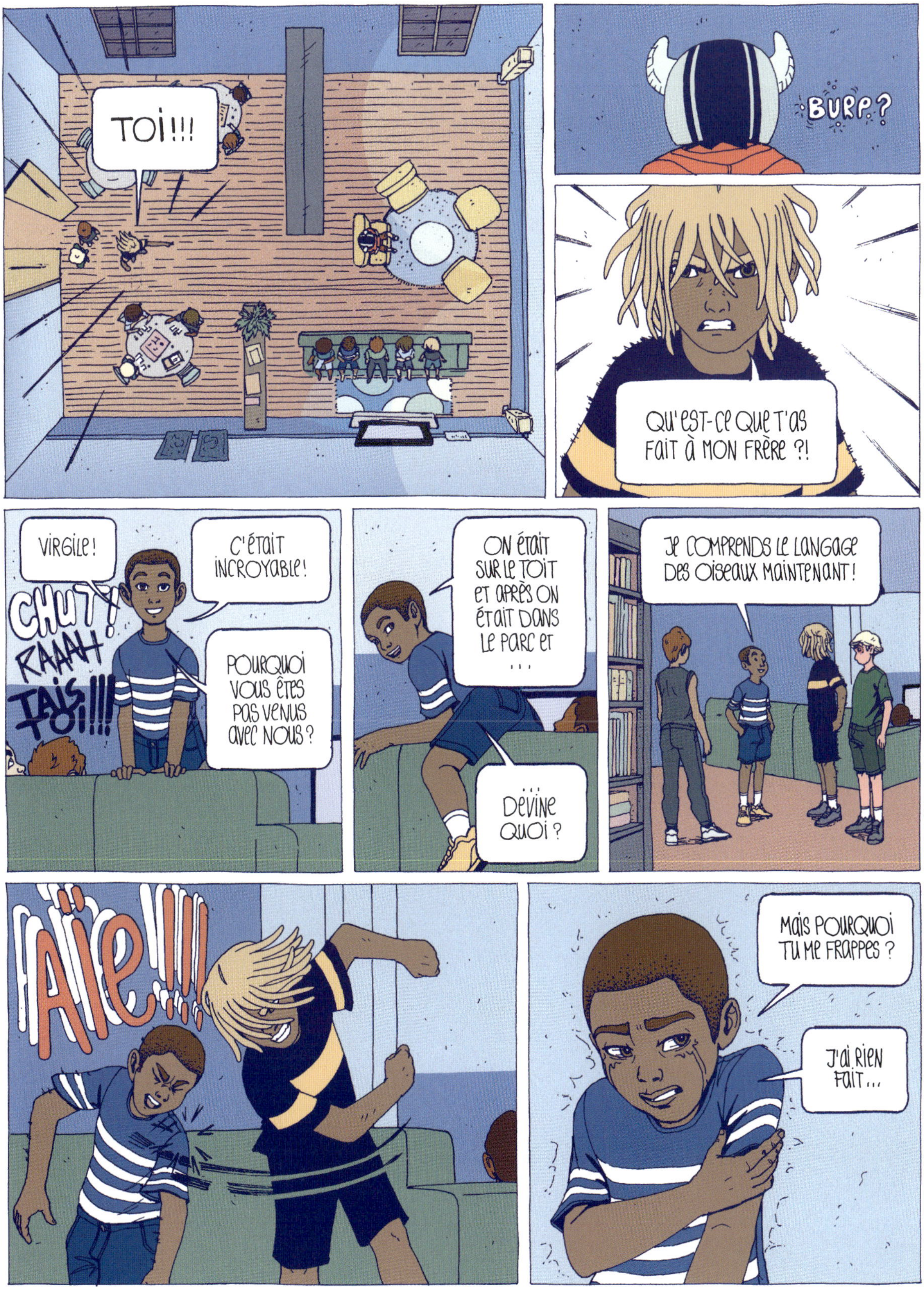
TOI!!!
BURP ?
QU'EST-CE QUE T'AS FAIT À MON FRÈRE ?!
VIRGILE !
C'ÉTAIT INCROYABLE !
CHUT !
RAAAH
TAIS TOI !!!
POURQUOI VOUS ÊTES PAS VENUS AVEC NOUS ?
ON ÉTAIT SUR LE TOIT ET APRÈS ON ÉTAIT DANS LE PARC ET ...
... DEVINE QUOI ?
JE COMPRENDS LE LANGAGE DES OISEAUX MAINTENANT !
AÏE !!!
MAIS POURQUOI TU ME FRAPPES ?
J'AI RIEN FAIT...

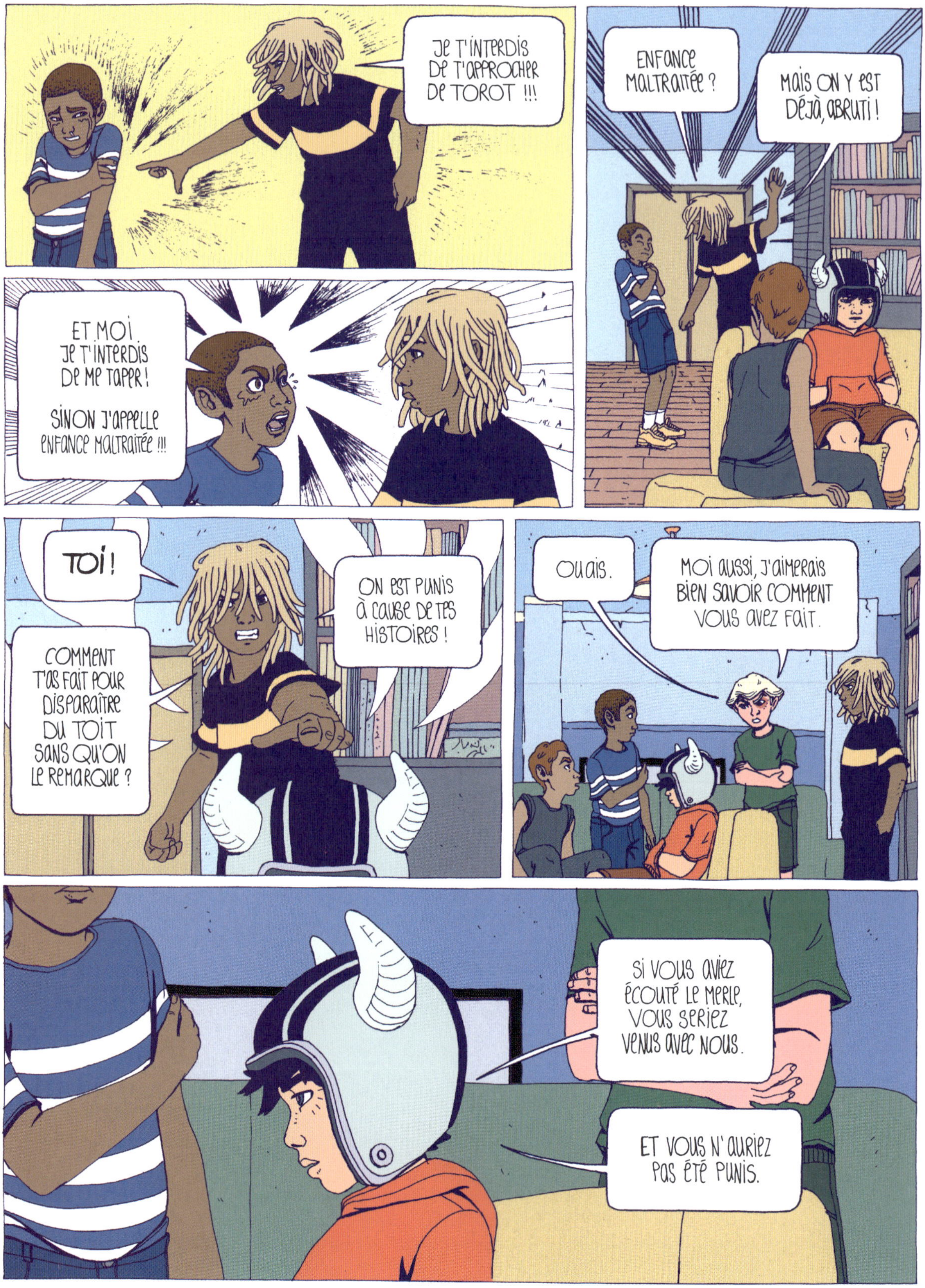
Je t'interdis de t'approcher de Torot !!!
Enfance maltraitée ?
Mais on y est déjà, abruti !
Et moi je t'interdis de me tapper !
Sinon j'appelle enfance maltraitée !!!
Toi !
Comment t'as fait pour disparaître du toit sans qu'on le remarque ?
On est punis à cause de tes histoires !
Ouais.
Moi aussi, j'aimerais bien savoir comment vous avez fait.
Si vous aviez écouté le merle, vous seriez venus avec nous.
Et vous n'auriez pas été punis.

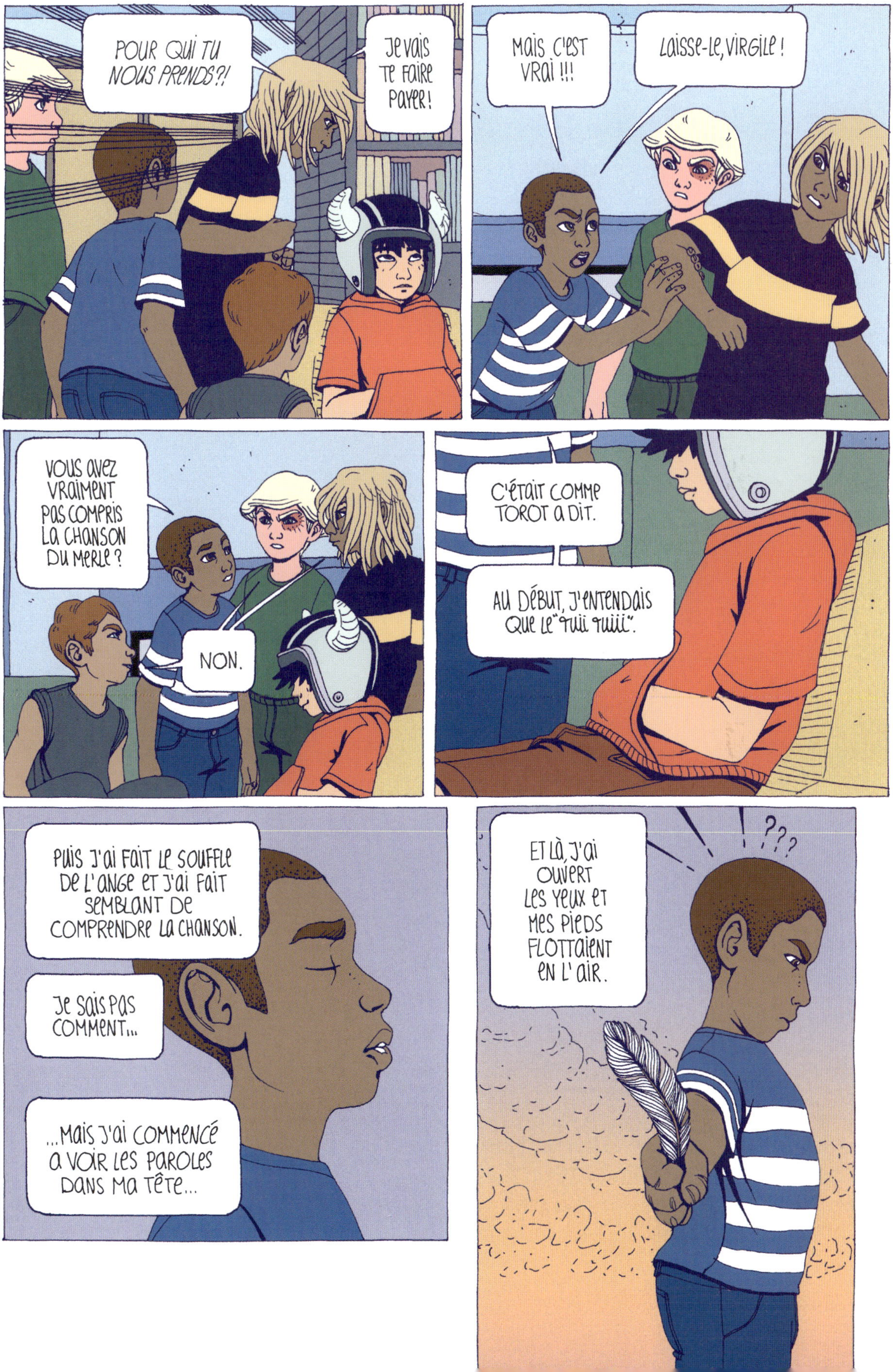
POUR QUI TU NOUS PRENDS ?!
Je vais te faire payer !
Mais c'est vrai !!!
Laisse-le, Virgile !
Vous avez vraiment pas compris la chanson du merle ?
NON.
C'était comme Torot a dit.
Au début, j'entendais que le "tuii tuiii".
Puis j'ai fait le souffle de l'ange et j'ai fait semblant de comprendre la chanson.
Je sais pas comment...
...Mais j'ai commencé à voir les paroles dans ma tête...
Et là, j'ai ouvert les yeux et mes pieds flottaient en l'air.
???

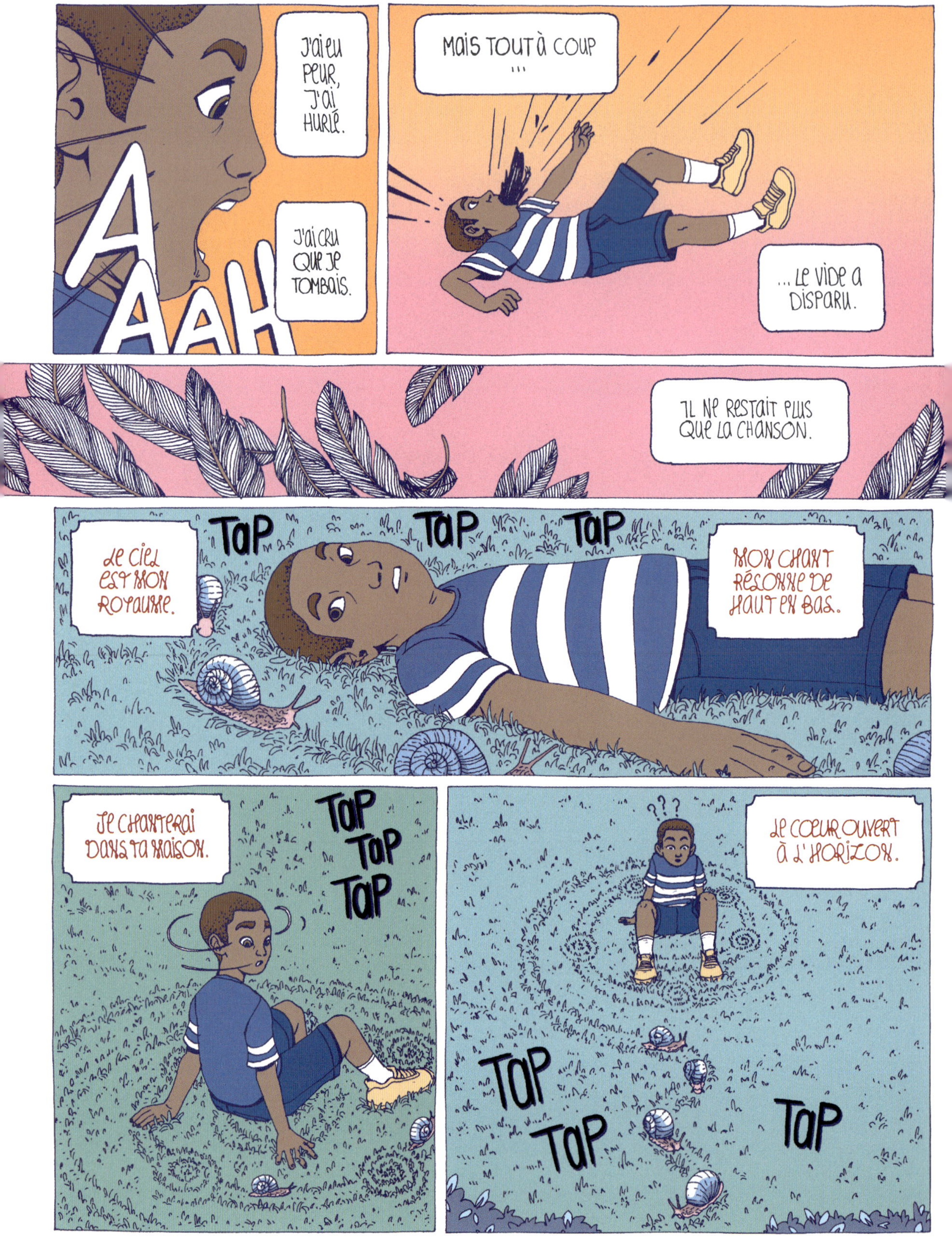
J'ai eu peur, j'ai hurlé.
J'ai cru que je tombais.
AAAH
Mais tout à coup ...
... le vide a disparu.
Il ne restait plus que la chanson.
Le ciel est mon royaume.
TAP TAP TAP
Mon chant résonne de haut en bas.
Je chanterai dans ta maison.
TAP TAP TAP
??
Le cœur ouvert à l'horizon.
TAP TAP TAP

TROIS PAS SAGES POUR M'ÉCOUTER.
TAP
TAP
TAP
TAP
TAP
TAP
LE PREMIER S'APPELLE ATTENTION.
LE DEUXIÈME LES YEUX FERMÉS.
LE TROISIÈME CONNAIT LA CHANSON.

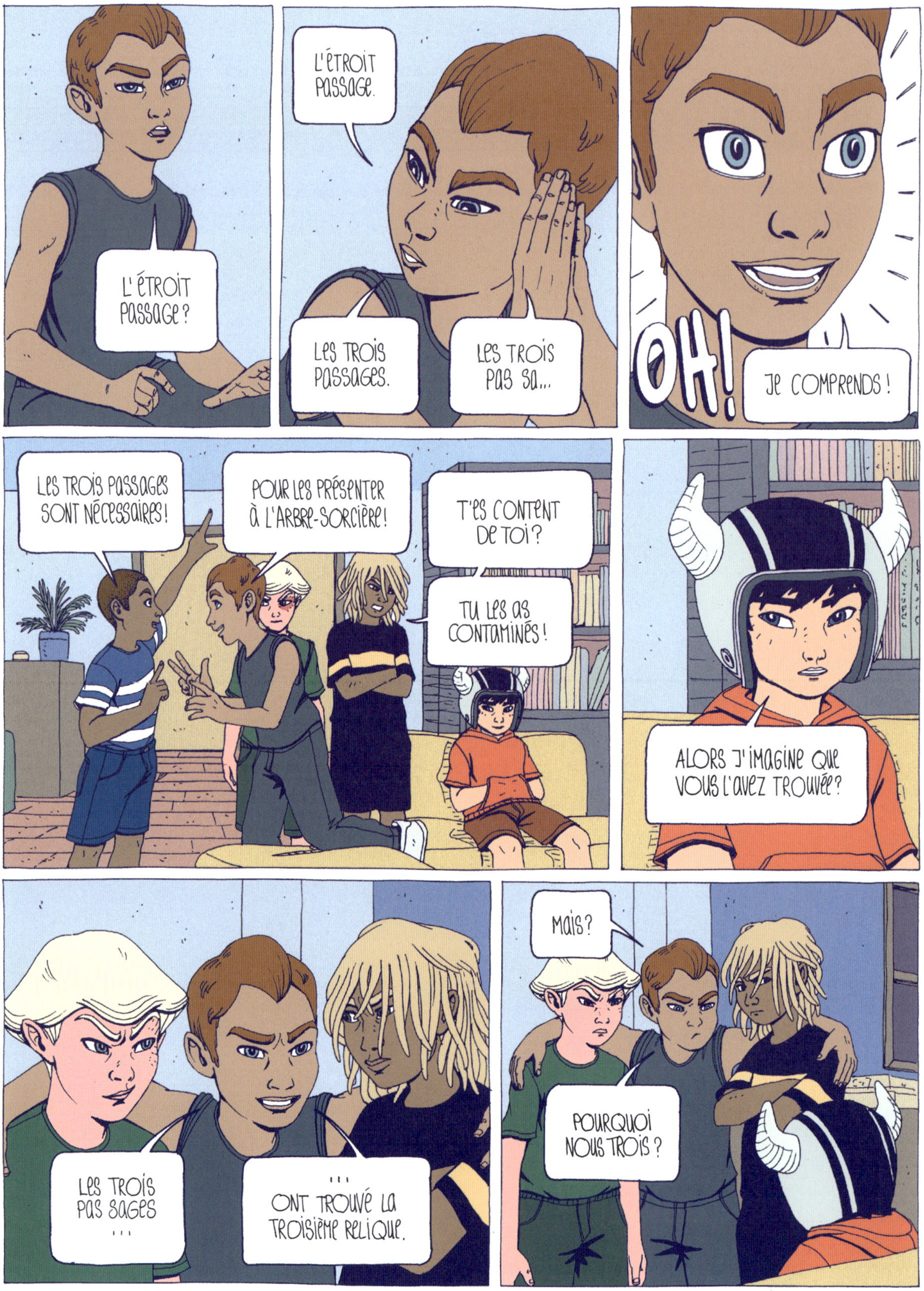
L'étroit passage ?
L'étroit passage.
Les trois passages.
Les trois pas sa...
OH!
Je comprends !
Les trois passages sont nécessaires !
Pour les présenter à l'Arbre-Sorcière !
T'es content de toi ?
Tu les as contaminés !
Alors j'imagine que vous l'avez trouvée ?
Les trois pas sages ...
... ont trouvé la troisième relique.
Mais ?
Pourquoi nous trois ?

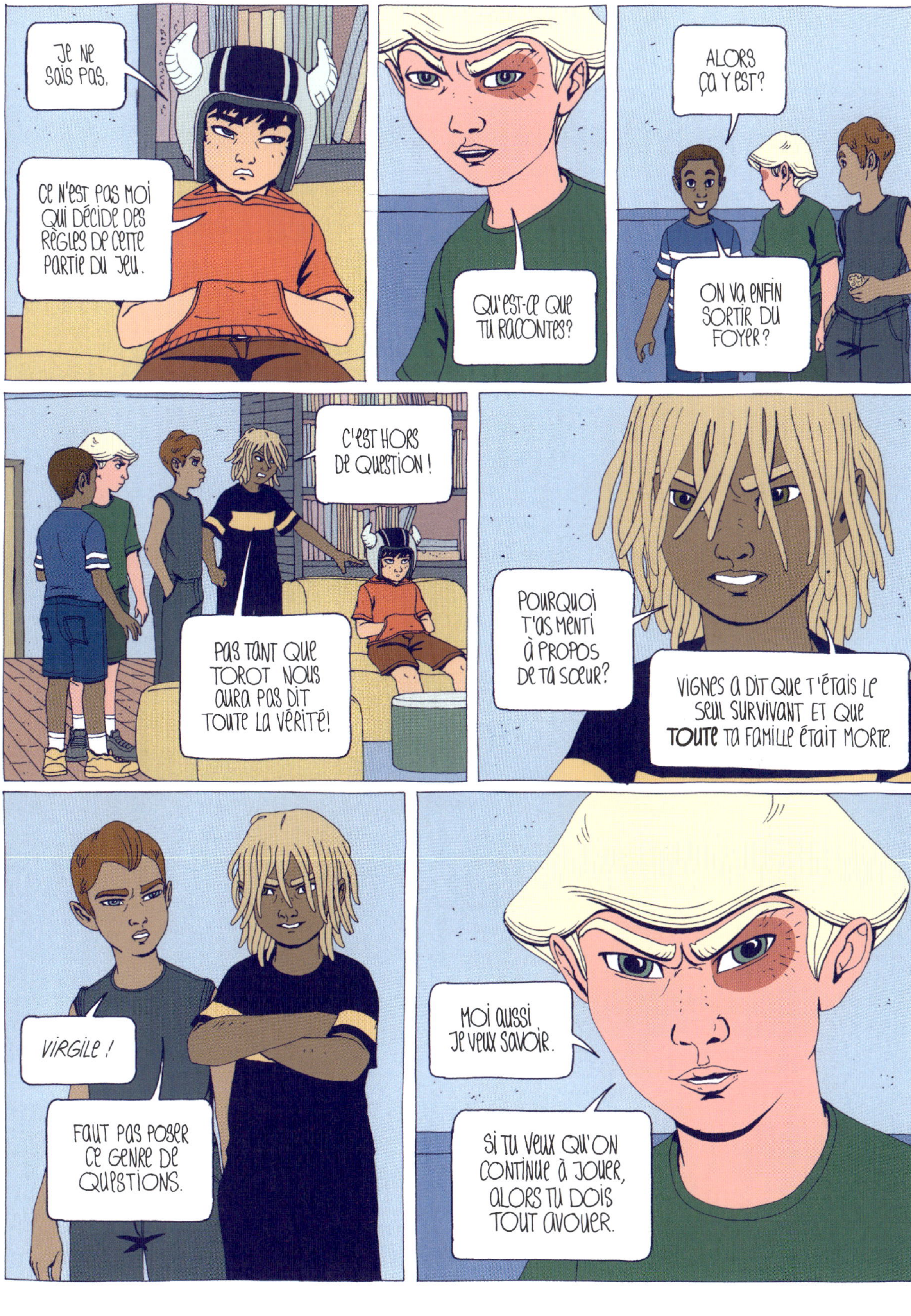

Je ne sais pas.
Ce n'est pas moi qui décide des règles de cette partie du jeu.
Qu'est-ce que tu racontes?
Alors ça y est?
On va enfin sortir du foyer?
C'est hors de question!
Pas tant que Torot nous aura pas dit toute la vérité!
Pourquoi t'as menti à propos de ta sœur?
Vignes a dit que t'étais le seul survivant et que **toute** ta famille était morte.
Virgile!
Faut pas poser ce genre de questions.
Moi aussi je veux savoir.
Si tu veux qu'on continue à jouer, alors tu dois tout avouer.

PERSONNE N'OBLIGERA TOROT À RÉPONDRE À VOS QUESTIONS STUPIDES.
!!! !!! !!! !!!
QU'EST-CE QU'ELLE FAIT LÀ, CELLE-LÀ ?
DÉGAGE, MARIANNE !
ON T'A PAS SONNÉE !
EN FAIT, IL SE TROUVE QUE SI.
C'EST THOMAS QUI M'A DEMANDÉ DE VENIR.
QUOI ?!
MARIANNE VA JOUER AVEC NOUS.

C'EST HORS DE QUESTION!
ON EST DÉJÀ TROP.
JE CROYAIS QUE TU NE VOULAIS PAS CONTINUER.
JE PARIE QUE T'AS LA FROUSSE.
JE ...
PAS DU TOUT!
TU NE SAIS MÊME PAS CE QU'ON FAIT, DE TOUTE FAÇON.
OUAIS !
T'Y CONNAIS RIEN AU JEU DES MORTS VIVANTS !
BANDE DE GUIGNOLS!
DEMAIN, ON ESCALADE L'ÉTROIT PASSAGE DU MUR.
ET MARIANNE VIENT AVEC NOUS.
MAIS POURQUOI?
PARCE QU'ON A BESOIN D'ELLE POUR TROUVER L'ARBRE-SORCIÈRE.

GROUILLEZ-VOUS DE DESCENDRE AVANT QUE QUELQU'UN VOUS VOIE !
DÉTENDS-TOI, MARIANNE !
TOUT LE MONDE EST ENCORE EN TRAIN DE DÉJEUNER.
VOUS ÊTES SÛRS QUE PERSONNE NE VOUS A VUS ?
MADAME PINOT EST PARTIE ACCOUCHER.
C'EST TA TANTE QUI NOUS L'A DIT.
ET ALORS ? C'EST QUOI LE RAPPORT ?
TA TANTE SERA TOUTE SEULE POUR GÉRER LE FOYER.
ELLE N'AURA PAS LE TEMPS DE SURVEILLER LE PARC.
HA !
TU FAISAIS LA MALINE HIER...
...MAIS C'EST TOI LA FROUSSARDE MAINTENANT !

Pas du tout !
Mais je n'ai pas envie d'être punie à cause de vous !
Je te signale que c'est Torot qui a voulu qu'on fasse le mur !
OK ! C'est bon…
On y va maintenant.
On va passer par le champ.
On pourra se cacher dans les herbes hautes, si besoin.
Les herbes hautes ?
Mais ça grouille de serpents, là-dedans !
Sans rire ?
C'est justement ce qu'on cherche, Einstein !
Quelle plaie, cette fille !
Elle aussi, elle se prend déjà pour la reine de Tiketone.

EUH... TOROT ?
COMMENT ON FAIT POUR TROUVER UNE PEAU DE SERPENT ?
Ouais, c'est vrai ça !
ÇA POUSSE PAS COMME LES CHAMPIGNONS.
TU SAIS OÙ IL FAUT CHERCHER ?
ON N'AURA PAS BESOIN DE CHERCHER.
ON VA DEMANDER À LA FORÊT.
DEMANDER À QUI ?

ON POURRAIT PAS PLUTÔT CONSTRUIRE UNE CABANE ?
NON ! ON JOUE AU JEU DES MORTS VIVANTS, VIRGILE !
SOUVENEZ-VOUS DE CE QUE JE VOUS AI DIT.
LES DERNIÈRES RELIQUES SONT PLUS VIVANTES QUE MORTES.
TSSS
QU'EST-CE QUE ÇA VEUT DIRE ?
ÇA VEUT DIRE QUE C'EST DANGEREUX, MINUS.
QU'EST-CE QU'IL Y A DE DANGEREUX, ICI ?
C'EST MÊME PAS UNE VRAIE FORÊT, C'EST TROP PETIT !
JE VOUS AI DIT QUE CE N'ÉTAIT PAS UNE FORÊT COMME LES AUTRES.
ET CE SERA ENCORE PLUS VRAI QUAND JE VOUS AURAI APPRIS LE TROISIÈME SOUFFLE.
C'EST ÇA !
ENCORE UNE TECHNIQUE DE NINJA DÉBILE POUR QUE TU DISPARAISSES COMME L'AUTRE SOIR !
JE ME FERAI PAS AVOIR PAR TON TOUR DE PASSE-PASSE.
FAITES CE QUE VOUS VOULEZ, VOUS AUTRES.
MOI, JE GARDE LES YEUX GRANDS OUVERTS !

ON N'AURA PAS BESOIN DE FERMER LES YEUX, CETTE FOIS.
IL FAUDRA FIXER LE REGARD SUR UN POINT POUR RÉUSSIR LE SOUFFLE FILÉ.
FRRR FRRR
FRRR FRRR
ET À QUOI ÇA SERT, TON SOUFFLE EFFILÉ ?
SOUFFLE FILÉ, PAS EFFILÉ !
THOMAS ?
ET ARRÊTEZ UN PEU D'INTERROMPRE THOMAS !
ON N'A PAS TOUTE LA JOURNÉE, JE VOUS SIGNALE !
QU'EST-CE QUE ÇA DONNE COMME POUVOIR, LE TROISIÈME SOUFFLE ?
LE SOUFFLE FILÉ...
... PERMET D'ARRÊTER LE TEMPS.

Si ma sœur pouvait voir les choses invisibles, c'est parce qu'elle savait maîtriser le temps.
Elle avait compris que tout ce qui existe possède sa propre temporalité.
Bla, bla, bla… on comprend rien à ce que tu racontes !
Pour nous, les fourmis sont très rapides, alors que les plantes semblent presque immobiles.
C'est parce qu'elles vivent dans deux temps différents.
Pour les mondes invisibles, c'est la même chose.
Si on ne peut pas les voir, c'est parce qu'ils existent dans une autre temporalité.
Pourtant, ils sont bel et bien là.
C'est pour cette raison qu'on a besoin d'utiliser le souffle filé.
Pour être capable de percevoir les mondes invisibles, il faut ralentir notre temps.

Mais si ON RaLENTIT NOTRE TEMPORAL-TRUC DANS LA FORÊT ...
... EST-CE QUE LE TEMPS CONTINUERA NORMALEMENT AU FOYER?
Oui.
ALORS ÇA VEUT DIRE QUE L'APRÈS-MIDI RISQUE DE FILER À TOUTE VITESSE SANS QU'ON S'EN RENDE COMPTE?
Oui.
SI ON RÉUSSIT LE SOUFFLE.
MAIS SI ON VÉRIFIE LA POSITION DU SOLEIL DANS LE CIEL DE TEMPS EN TEMPS, ON N'AURA PAS CE PROBLÈME ET ON SAURA QUAND IL FAUDRA RENTRER.
MAIS ON N'A PAS DE TEMPS À PERDRE.
JE VAIS VOUS MONTRER LE SOUFFLE FILÉ.
ENSUITE, ON DEMANDERA À LA FORÊT OÙ TROUVER LA QUATRIÈME RELIQUE.
SI ELLE NOUS ÉCOUTE, UN ESPRIT NOUS GUIDERA VERS LA PEAU DE SERPENT.
MARIANNE ... TU SAIS CE QUE TU DOIS FAIRE.

ON VA COMMENCER PAR ACCORDER NOS TEMPS AVEC LE PREMIER SOUFFLE, LE SOUFFLE DU COMMUN.
ÇA VEUT DIRE QUOI ?
NOUS SOMMES SIX À JOUER.
ÇA VEUT DIRE SIX TEMPORALITÉS DIFFÉRENTES.
POUR QUE NOS TEMPS S'ALIGNENT, ON VA RESPIRER ENSEMBLE, SIX FOIS DE SUITE.
INSPIREZ PENDANT SIX SECONDES ET EXPIREZ PENDANT SIX AUTRES.
1 2 3 4 5 6
6 5 4 3 2 1

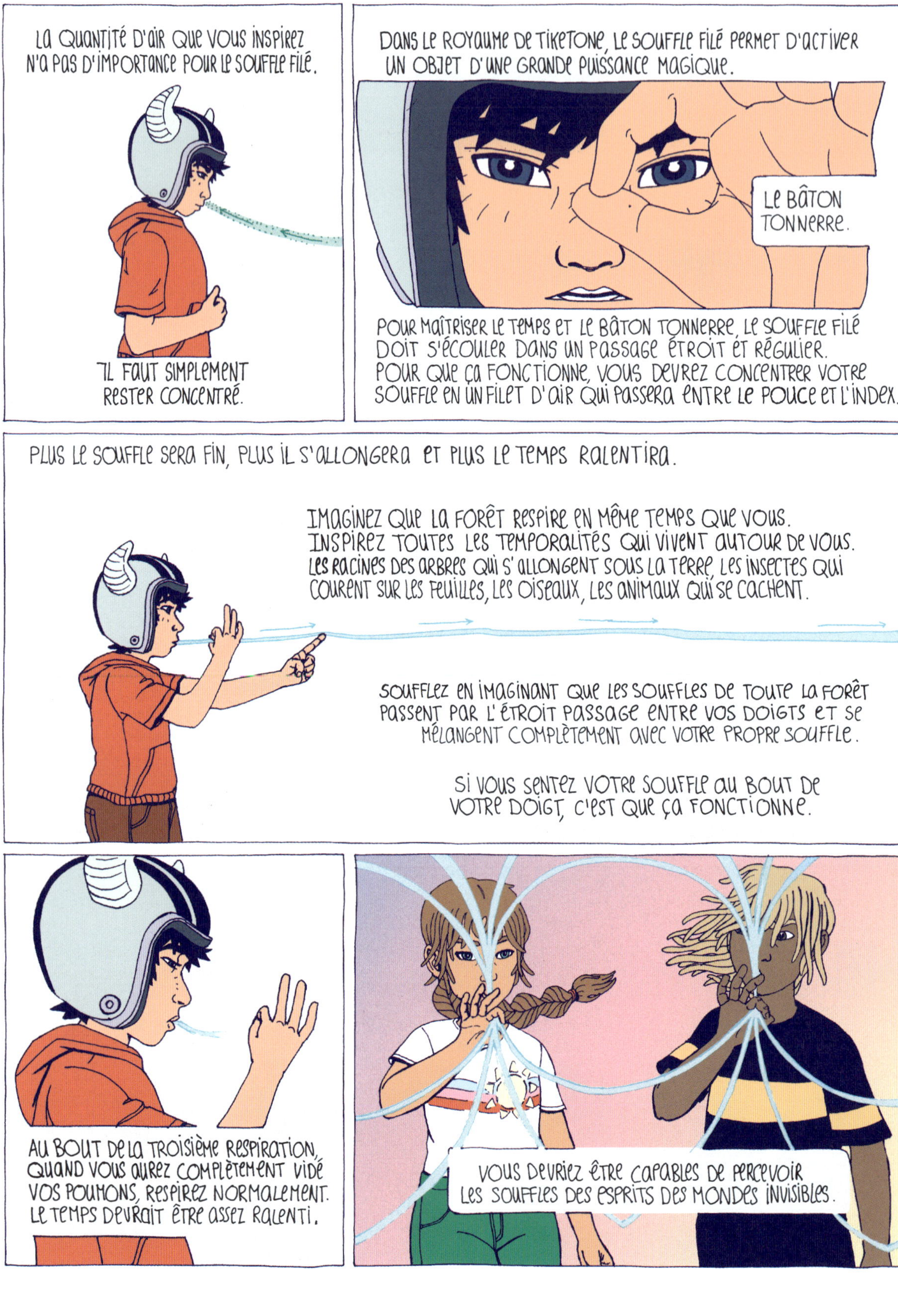
La quantité d'air que vous inspirez n'a pas d'importance pour le souffle filé.
Il faut simplement rester concentré.
Dans le royaume de Tiketone, le souffle filé permet d'activer un objet d'une grande puissance magique.
Le bâton tonnerre.
Pour maîtriser le temps et le bâton tonnerre, le souffle filé doit s'écouler dans un passage étroit et régulier.
Pour que ça fonctionne, vous devrez concentrer votre souffle en un filet d'air qui passera entre le pouce et l'index.
Plus le souffle sera fin, plus il s'allongera et plus le temps ralentira.
Imaginez que la forêt respire en même temps que vous.
Inspirez toutes les temporalités qui vivent autour de vous.
Les racines des arbres qui s'allongent sous la terre, les insectes qui courent sur les feuilles, les oiseaux, les animaux qui se cachent.
Soufflez en imaginant que les souffles de toute la forêt passent par l'étroit passage entre vos doigts et se mélangent complètement avec votre propre souffle.
Si vous sentez votre souffle au bout de votre doigt, c'est que ça fonctionne.
Au bout de la troisième respiration, quand vous aurez complètement vidé vos poumons, respirez normalement.
Le temps devrait être assez ralenti.
Vous devriez être capables de percevoir les souffles des esprits des mondes invisibles.

C'EST N'IMPORTE QUOI TON TRUC.
JE PERÇOIS RIEN DU TOUT.
Y A MÊME PAS DE BRUIT.
JUSTEMENT.
VOUS NE TROUVEZ PAS QUE C'EST SILENCIEUX, TOUT À COUP ?
PAS DE VENT DANS LES FEUILLES.
PAS DE CHANTS D'OISEAUX.
C'EST LA MARQUE DE LA PRÉSENCE D'UN ESPRIT.
JE CROIS QU'ON NOUS OBSERVE.

IL Y a QUELQUE CHOSE...
ON DIRAIT UN SIFFLEMENT.
VOUS ENTENDEZ ?
PFFF
C'EST JUSTE LE VENT.
IL N'Y A PAS DE VENT, VIRGILE.
CHUT !
ÇA VIENT DE LÀ-BAS !
SSSSSSSSS

PAR LÀ !

ATTENTION!
HUN
ELIOTT!
NON!!!
AAAAAAAAHHHH!!!

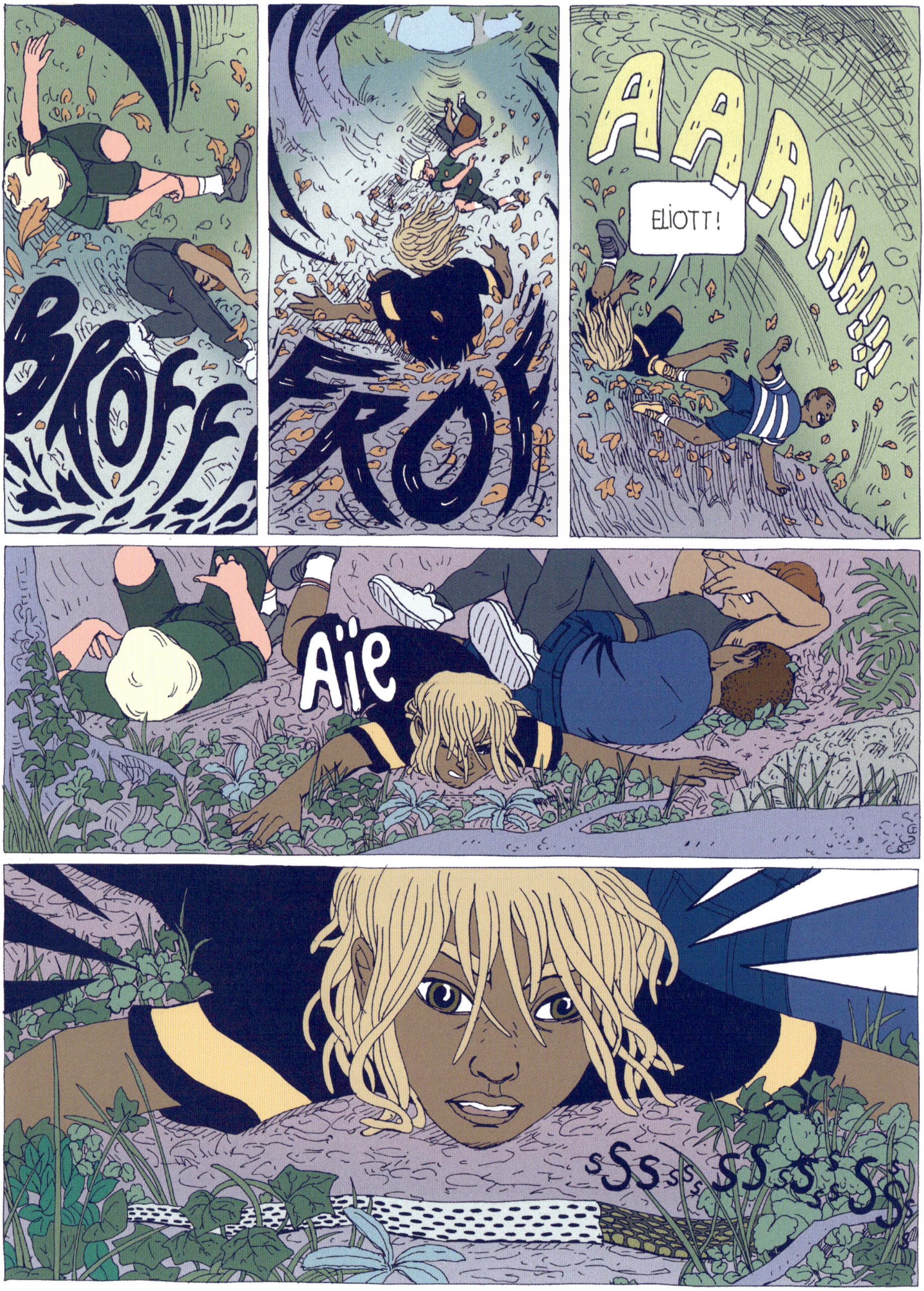
BROFF
FROI
AAAHHH!!!
ELIOTT !
Aïe

HUN HUN HUN HUN
HUN HUN HUN HUN
OH!...
Hééé!!!
VENEZ VOIR!

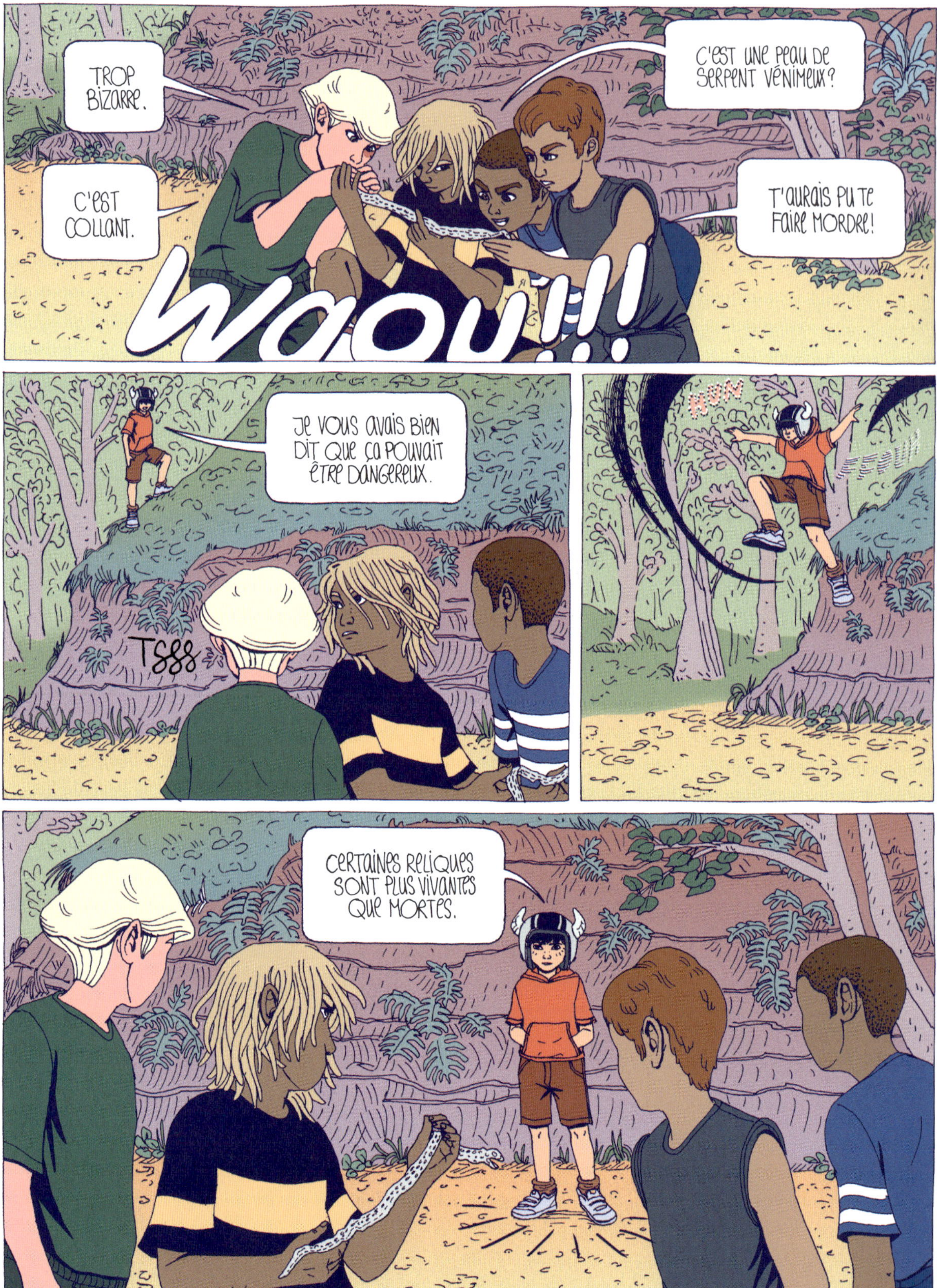
TROP BIZARRE.
C'EST COLLANT.
C'EST UNE PEAU DE SERPENT VÉNIMEUX ?
T'AURAIS PU TE FAIRE MORDRE !
WAOU!!!
JE VOUS AVAIS BIEN DIT QUE ÇA POUVAIT ÊTRE DANGEREUX.
TSSS
HUN
FFOUH
CERTAINES RELIQUES SONT PLUS VIVANTES QUE MORTES.

ALORS, VIRGILE ?
TU VOIS QUE LES ESPRITS EXISTENT.
UN COUP DE CHANCE, C'EST TOUT.
QU'EST-CE QUI T'A PRIS DE COURIR APRÈS UN TRUC INVISIBLE ?
T'AURAIS PU TE BRISER LE CRÂNE EN TOMBANT !
TOUT ÇA POUR UNE PEAU DE SERPENT...
AÏE !
ABRUTI !
TU VOIS, MARIANNE !
JE SUIS PAS UN GUIGNOL, FINALEMENT !
MARIANNE ?
QUELQU'UN L'A VUE TOMBER ?
MARIANNE !
MARIANNE !
MARIANNE !
RAAAAAH !
ELLE EST PASSÉE OÙ, CETTE PLAIE ?!

MARIANNE…
MMH…?
AÏE.
!!!
JE T'AI ENFIN TROUVÉ.

THOMAS avait RAISON.
TU NE VAS PAS ME TRANSFORMER EN ARBRE, DIS ?
ARRÊTE ! C'EST TROP SERRÉ !
HUN
AAAAH

Si tu voulais que je monte, il fallait me le dire !
Tu veux que j'entre là-dedans ?
J'aurais très bien pu grimper toute seule.
Qu'est-ce qu'il y a dans ce trou ?
Je ne vois rien.

Les éclaireurs avancent dans l'obscurité
Il y a une lueur en bas.

La clé du Troisième Passage
Il y a autre chose au fond.

Je descends voir...
NON!
Laisse-moi!
Dis-moi ce qu'il y a dans l'eau !
un monde sur le point de trépasser
MARIANNE !

MARIAAAANNE !
Je suis là !!!
C'est pas la peine de hurler !
Alors pourquoi tu répondais pas, espèce de plaie ?!
Ça fait des heures qu'on te cherche !
Arrête de m'appeler comme ça !
Ça va, je rigole.
Calme-toi.
Regarde ce que j'ai trouvé pendant que tu te cachais derrière ton arbre.
T'as vu, hein ?
La PLAIE.

VENEZ !
ELLE EST LÀ-BAS !
QU'EST-CE QUE TU FAISAIS ?
T'ÉTAIS OÙ ?
JE VOUS PRÉSENTE L'ARBRE-SORCIÈRE.
ALORS C'EST ÇA UN ARBRE-SORCIÈRE ?
SI J'ARRACHE UNE FEUILLE, ELLE VA ME JETER UN SORT ?
HA ! HA !
IL NE RESTE PLUS QUE LA DENT DE RENARD.

TU VAS OÙ, THOMAS?
ON FERAIT MIEUX DE RENTRER, NON?
IL FAUT TROUVER LA CINQUIÈME RELIQUE.
JE CROIS QUE ROBIN A RAISON, THOMAS.
ON DEVRAIT RENTRER AVANT DE SE FAIRE PRENDRE PAR...
NON ! ON DOIT TROUVER LA DENT DE RENARD.
REGARDE LE CIEL, THOMAS.
LE SOLEIL COMMENCE À DESCENDRE.
MA TANTE A SANS DOUTE REMARQUÉ QU'ON N'ÉTAIT PAS DANS LE PARC AVEC LES AUTRES.
JE VEUX QU'ON FINISSE LE JEU.
MAINTENANT!
C'EST PAS TOI QUI DÉCIDES QUAND ON TERMINE LE JEU !
T'ES PAS ENCORE LE ROI DE TIKETONE.
ON RENTRE!

THOMAS ?
Mmmh ?
QU'EST-CE QUI VA NOUS ARRIVER UNE FOIS QU'ON SERA PASSÉS PAR LA PORTE DU PRÉSENT ?
EST-CE QU'ON POURRA REVENIR DANS CE MONDE UNE FOIS QUE LE JEU SERA TERMINÉ ?
PAS CE MONDE EXACTEMENT.
IL Y AVAIT QUELQUE CHOSE DANS L'ARBRE-SORCIÈRE. JE CROIS QUE J'AI VU LE ROYAUME DE TIKETONE.
CE N'ÉTAIT PAS TIKETONE.
C'ÉTAIT UN AUTRE MONDE.
DRIIIIING!!!

VITE !
NON MAIS JE RÊVE !!!
D'OÙ VENEZ-VOUS COMME ÇA ?!
QUI VOUS A PERMIS DE SORTIR DU FOYER ?

ON N'EST PAS SORTIS !
ON S'AMUSAIT JUSTE À ESCALADER LE MUR...
QUOI ?!
TU TE FICHES DE MOI, MARIANNE ?
RAMENEZ TOUT DE SUITE VOS FESSES DANS MON BUREAU !
MAIS TATIE !
TAIS-TOI, MARIANNE !
ON VA ENCORE ÊTRE PUNIS À CAUSE DE LUI.
ET TOI, MARIANNE, T'AURAIS PAS PU TE TAIRE ?
OUAIS ! T'AS JAMAIS APPRIS À MENTIR ?
JE...
PFFF
LAISSE TOMBER.
ON AURAIT JAMAIS DÛ AMENER CETTE FILLE AVEC NOUS !
ELLE EST PAS COMME NOUS.
ELLE FAIT PAS PARTIE DU FOYER.

Je n'arrive pas à croire que vous avez profité de l'absence de la directrice pour sortir en douce !
J'étais morte d'inquiétude !
Qu'est-ce que vous êtes allés trafiquer dans ce champ ?
Le parc du foyer n'est pas assez grand ?
On ne vous propose pas assez d'activités et de sorties ?
Personne n'a le droit de sortir sans autorisation !
Vous trois !
Votre première punition ne vous a pas suffit ?
Et toi, Marianne ?
Tu ne penses pas que j'ai assez de soucis ?
Je ne te garde pas ici pour que tu fasses des bêtises avec eux !
Qui que soit celui ou celle qui en a eu l'idée, vous allez tous savoir ce que ça signifie d'être privés de liberté !
C'est de ma faute, madame.

PARDON ?!
C'était MON IDÉE.
TON IDÉE ?
Mais à QUOI EST-CE QUE TU JOUES ?
TU sais ce que je pense, THOMAS ?
TU ES PRÊT À RETIRER CE CASQUE !
NON !!!

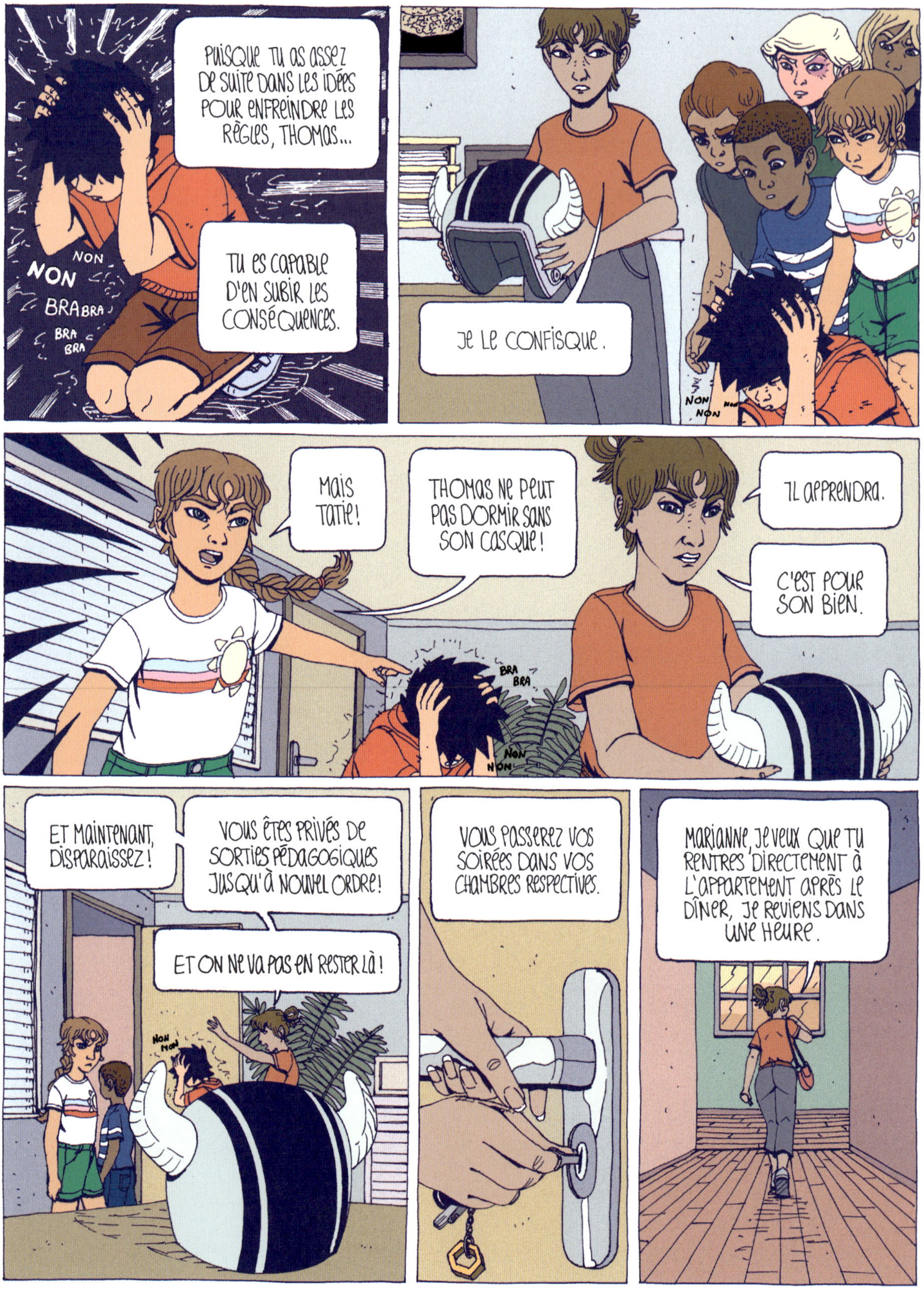
Puisque tu as assez de suite dans les idées pour enfreindre les règles, Thomas...
Tu es capable d'en subir les conséquences.
NON NON
BRA BRA
BRA BRA
Je le confisque.
NON NON NON
Mais Tatie !
Thomas ne peut pas dormir sans son casque !
BRA BRA
NON NON
Il apprendra.
C'est pour son bien.
Et maintenant, disparaissez !
Vous êtes privés de sorties pédagogiques jusqu'à nouvel ordre !
Et on ne va pas en rester là !
NON NON
Vous passerez vos soirées dans vos chambres respectives.
Marianne, je veux que tu rentres directement à l'appartement après le dîner, je reviens dans une heure.

PONK
BRABRA...
QU'EST-CE QUI T'ARRIVE, TOROT ?
BRABRA...
BRABRA...
ALLEZ VIENS, THOMAS.
BRABRA...
BRABRA...
BRABRA...
PFFF
IL EST EN TRAIN DE PERDRE LA BOULE.
BRABRA...
BRABRA...
BRABRA...
BRABRA...
BRABRA...
BAH... ON SE SERA AMUSÉS LE TEMPS QUE ÇA AURA DURÉ...

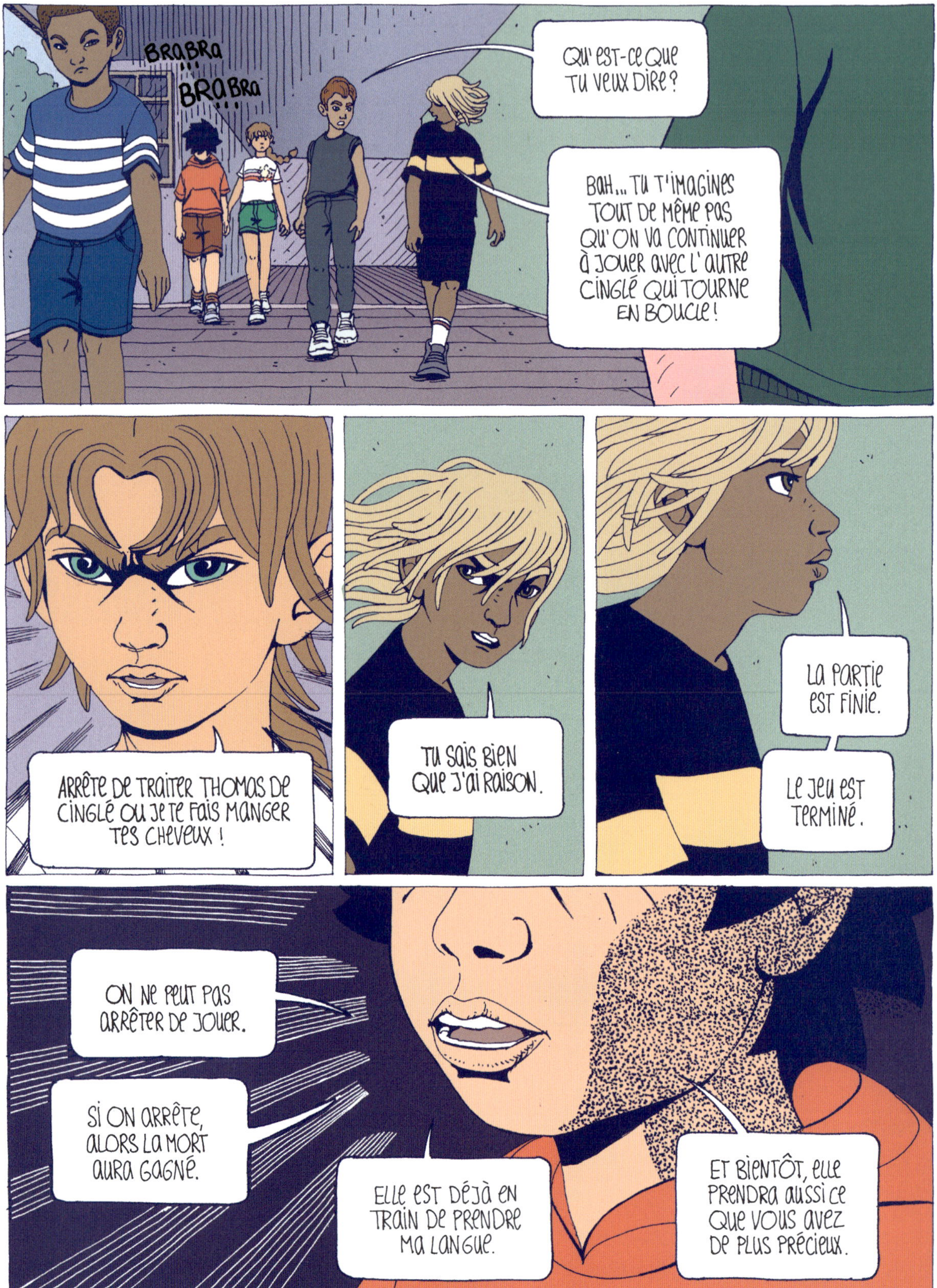
BRABRA... BRABRA...
Qu'est-ce que tu veux dire ?
Bah... Tu t'imagines tout de même pas qu'on va continuer à jouer avec l'autre cinglé qui tourne en boucle !
Arrête de traiter Thomas de cinglé ou je te fais manger tes cheveux !
Tu sais bien que j'ai raison.
La partie est finie.
Le jeu est terminé.
On ne peut pas arrêter de jouer.
Si on arrête, alors la mort aura gagné.
Elle est déjà en train de prendre ma langue.
Et bientôt, elle prendra aussi ce que vous avez de plus précieux.

THOMAS ?
QU'EST-CE QUE TU RACONTES?
C'EST LA RÈGLE DU JEU DES MORTS VIVANTS.
JE VOUS AVAIS PRÉVENUS.
VOUS AVEZ DÉCIDÉ DE JOUER AVEC MOI.
IMPOSSIBLE DE FAIRE MARCHE ARRIÈRE.
OU LA MORT VIENDRA RÉCLAMER SON DÛ.
DOUZE HEURES POUR LE CHERCHEUR, L'ÉTERNITÉ POUR LE GAGNANT.
TU T'ES SERVI DE NOUS !
TU NOUS AS PIÉGÉS COMME LA MORT VOUS A PIÉGÉS TA SOEUR ET TOI !
JE VOUS AI DIT TOUTE LA VÉRITÉ.
ET VOUS M'AVEZ QUAND MÊME SUIVI.

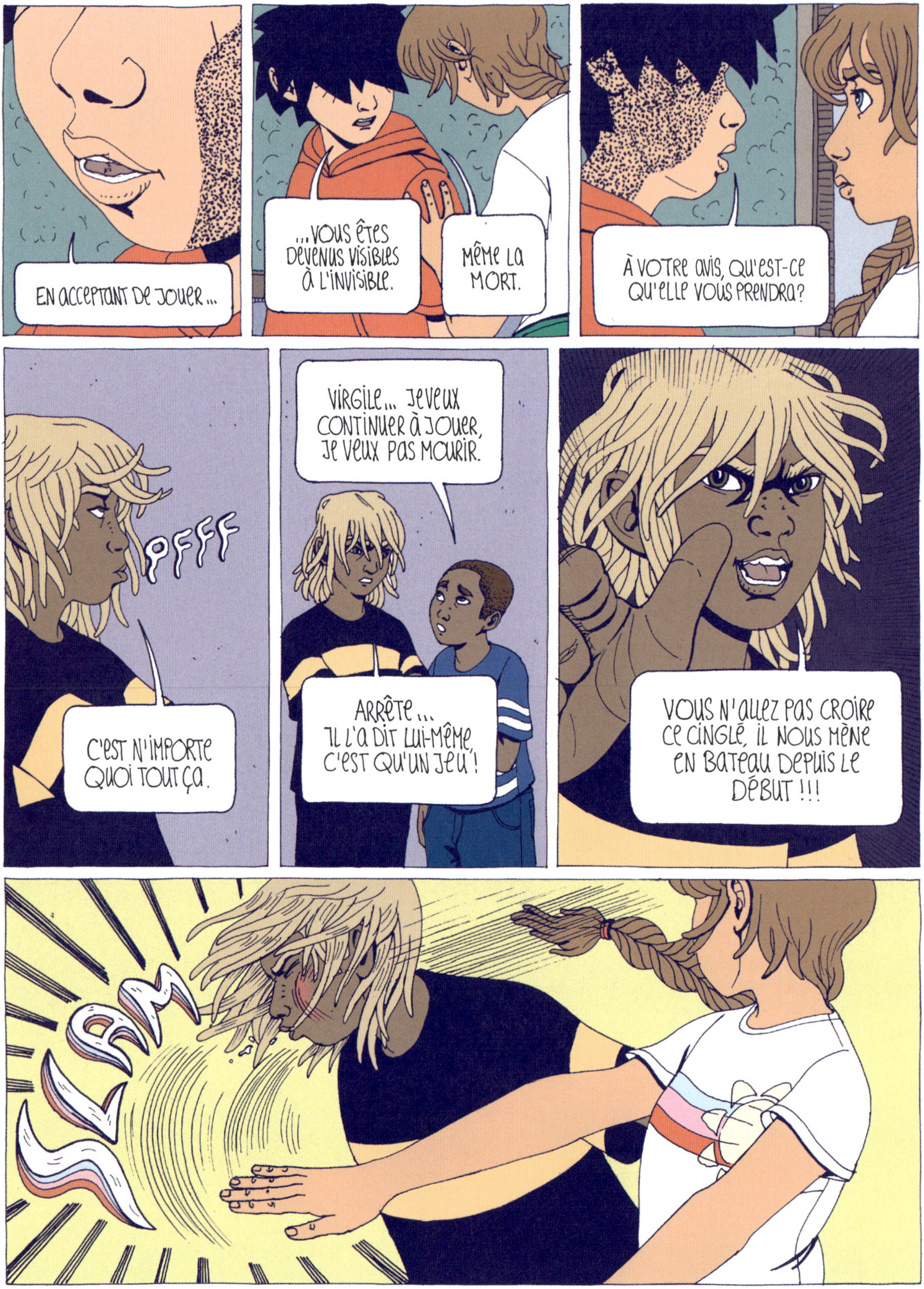
EN ACCEPTANT DE JOUER...
...VOUS ÊTES DEVENUS VISIBLES À L'INVISIBLE.
MÊME LA MORT.
À VOTRE AVIS, QU'EST-CE QU'ELLE VOUS PRENDRA?
PFFF
C'EST N'IMPORTE QUOI TOUT ÇA.
VIRGILE... JE VEUX CONTINUER À JOUER, JE VEUX PAS MOURIR.
ARRÊTE... IL L'A DIT LUI-MÊME, C'EST QU'UN JEU!
VOUS N'ALLEZ PAS CROIRE CE CINGLÉ, IL NOUS MÈNE EN BATEAU DEPUIS LE DÉBUT!!!
SLAM

Je t'avais prévenu que je te ferais manger tes cheveux !
AAAAH
Qu'est-ce qui se passe, THOMAS ?!
HHHUUN
LES FANTÔMES !!!
JE LES ENTENDS HURLER !
ILS SONT PARTOUT DANS LES COULOIRS !
FAUT QUE JE SORTE D'ICI !
JE PEUX PLUS RESPIRER !
JE VEUX REJOINDRE MA SOEUR !!!

Je veux pas devenir un fantôme.
HHUN HUN HHUN HUN
Parfois, j'ai l'impression que je suis un fantôme.
Ça fait si longtemps que je suis ici...
Parfois, je marche dans les couloirs les yeux fermés.
C'est comme si je n'étais pas là.
Comme si je n'existais pas.
HH HUN HH HUN
Mon père est un fantôme.
Il dort toute la journée.
La nuit, il hante la maison... Il frappe dans les murs en hurlant.
HUN
Parfois, il oublie que je suis là.
Il croit que je suis un mur.
C'est pour ça que je suis au foyer.

Virgile et Eliott, c'est pas nos vrais prénoms.
C'est quoi alors ?
Je sais pas...
On les a oubliés.
Les gens qui nous ont secourus quand notre bateau a coulé dans la mer...
Votre bateau a coulé dans la mer ?!
Ouais.
C'est vrai !
C'était horrible !
PFFF
T'étais qu'un bébé, abruti !
Tu peux pas t'en souvenir.
Et alors ?!
Ça veut pas dire que je m'en rappelle pas !

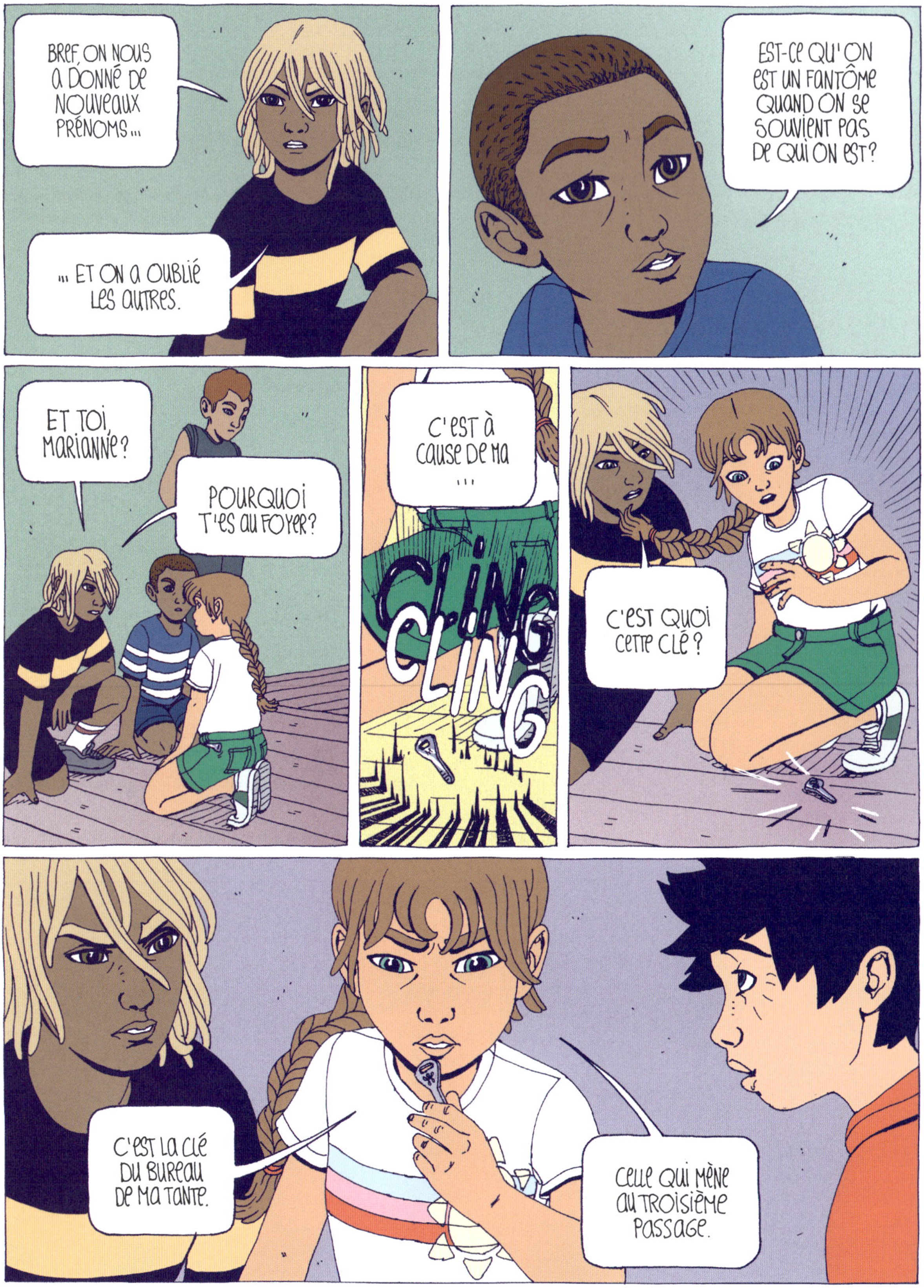
Bref, on nous a donné de nouveaux prénoms...
... et on a oublié les autres.
Est-ce qu'on est un fantôme quand on se souvient pas de qui on est?
Et toi, Marianne?
Pourquoi t'es au foyer?
C'est à cause de ma ...
CLING CLING
C'est quoi cette clé ?
C'est la clé du bureau de ma tante.
Celle qui mène au troisième passage.

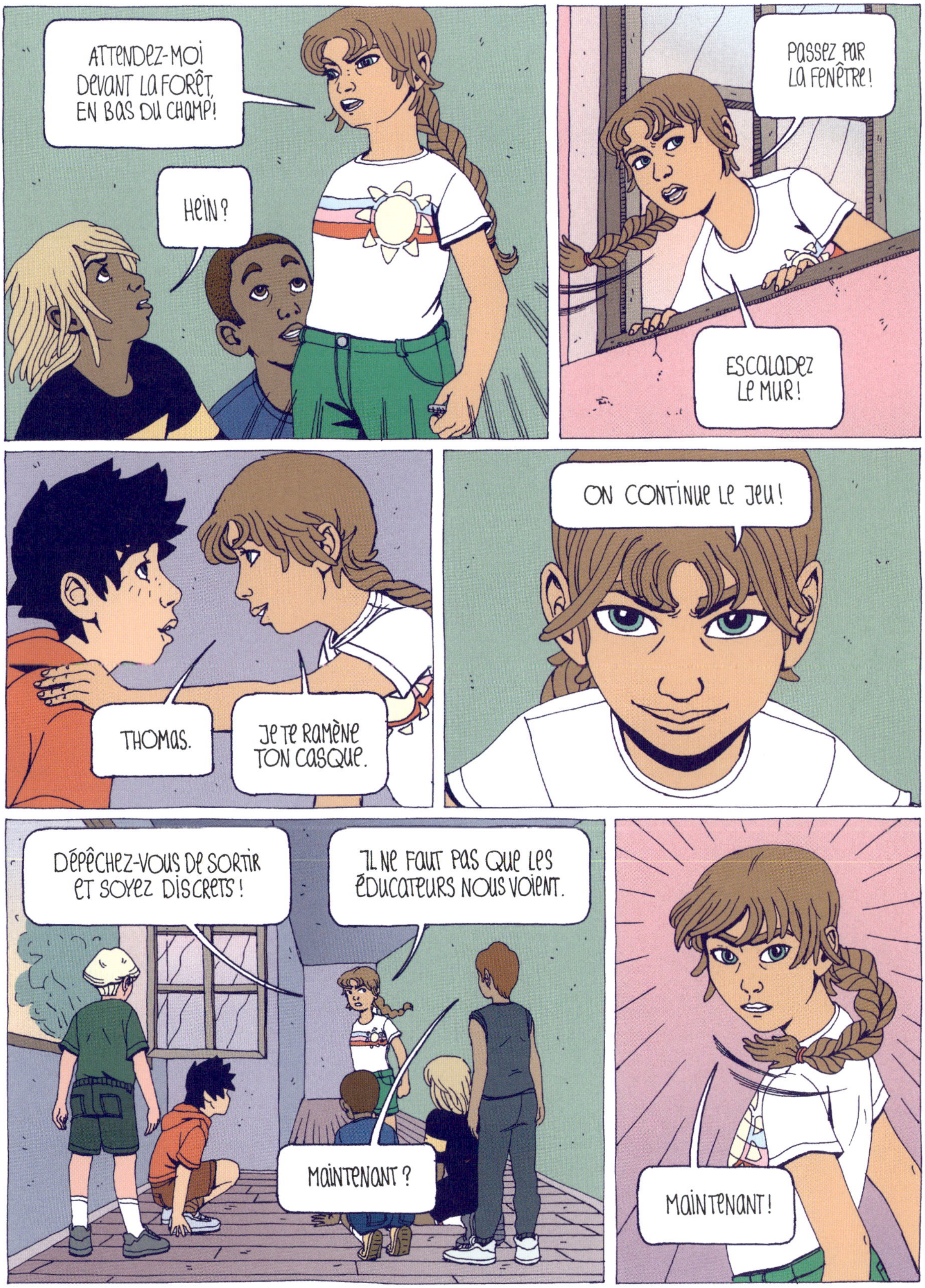
ATTENDEZ-MOI DEVANT LA FORÊT, EN BAS DU CHAMP !
HEIN ?
PASSEZ PAR LA FENÊTRE !
ESCALADEZ LE MUR !
THOMAS.
JE TE RAMÈNE TON CASQUE.
ON CONTINUE LE JEU !
DÉPÊCHEZ-VOUS DE SORTIR ET SOYEZ DISCRETS !
IL NE FAUT PAS QUE LES ÉDUCATEURS NOUS VOIENT.
MAINTENANT ?
MAINTENANT !

Il est temps d'ouvrir la porte du présent.
HHUNK
Merci.

Celui ou celle qui trouve la dent de renard régnera sur Tiketone.
Les autres lui prêteront serment d'allégeance jusqu'à la fin de la partie.
Comment on va savoir que quelqu'un a trouvé la dent?
"Tiketone" sera notre cri de ralliement.
Il faudra crier très fort pour que tout le monde entende et qu'on arrête de chercher.
À ce moment-là, on se rejoindra devant l'arbre-sorcière.
Euh... Torot?
La nuit sera tombée d'ici là.
Comment on va faire pour voir la dent dans le noir?
Les éclaireurs avancent dans l'obscurité.

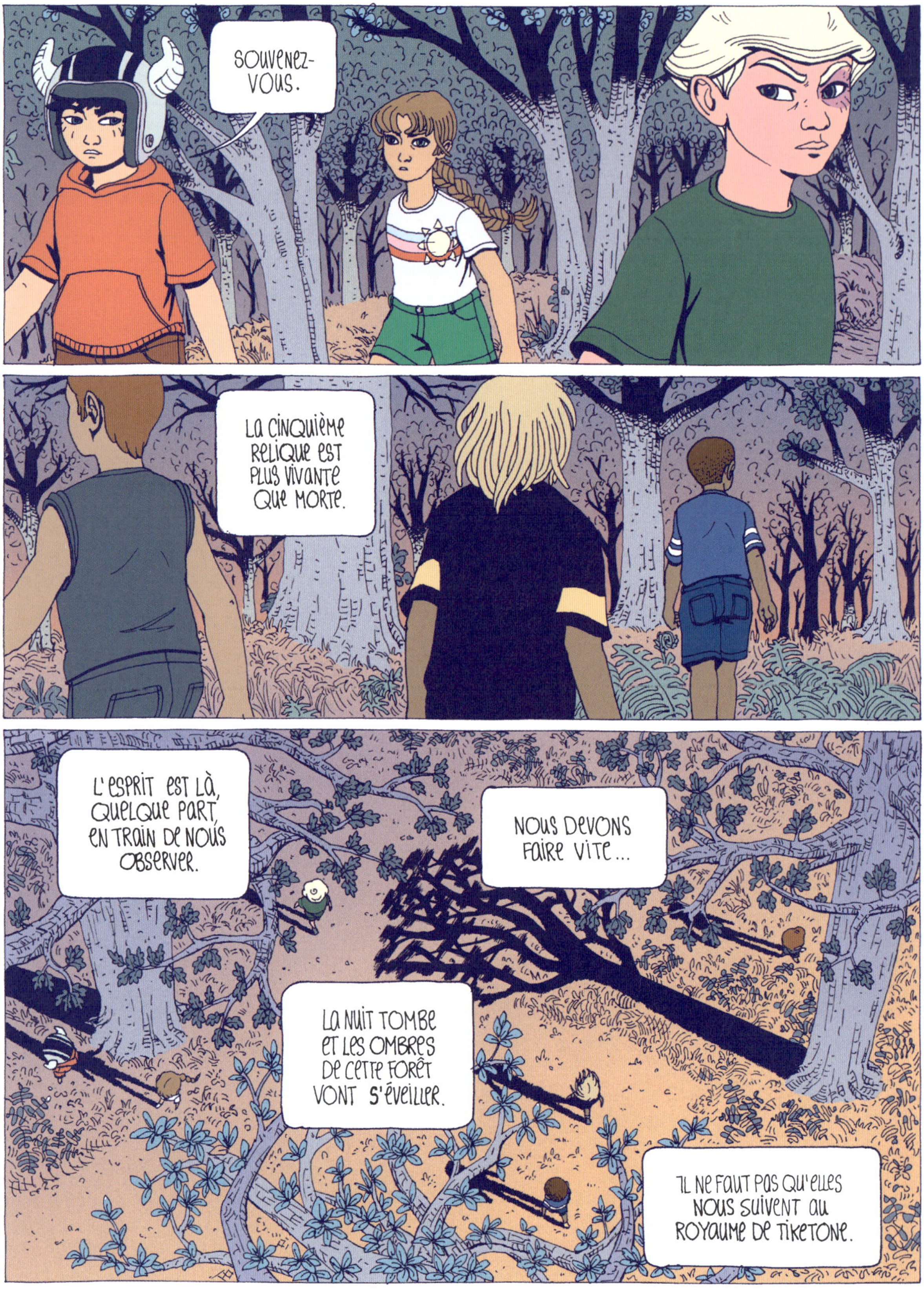

SOUVENEZ-VOUS.
LA CINQUIÈME RELIQUE EST PLUS VIVANTE QUE MORTE.
L'ESPRIT EST LÀ, QUELQUE PART, EN TRAIN DE NOUS OBSERVER.
NOUS DEVONS FAIRE VITE...
LA NUIT TOMBE ET LES OMBRES DE CETTE FORÊT VONT S'ÉVEILLER.
IL NE FAUT PAS QU'ELLES NOUS SUIVENT AU ROYAUME DE TIKETONE.

GARDEZ LES YEUX OUVERTS ET RESTEZ CONCENTRÉS SUR VOTRE SOUFFLE.
SI LES OMBRES RÉVEILLENT VOS PEURS ENFOUIES, SOUVENEZ-VOUS...
CROK
VOUS N'ÊTES PAS SEULS ...
HUN
ARRÊTE DE ME SUIVRE, VIRGILE !
COMME SI J'ALLAIS TE LAISSER SEUL EN PLEINE FORÊT À LA TOMBÉE DE LA NUIT.
JE VEUX ÊTRE LE ROI DE TIKETONE !
LAISSE-MOI TRANQUILLE !
TU VAS FAIRE FUIR L'ESPRIT !
ELIOTT, LES ESPRITS ÇA N'EXISTE PAS !
WRAAA !

Vous êtes aux frontières du royaume de Tiketone.
Vous pouvez déjà le sentir dans vos rêves.
Mais aussi dans vos cauchemars.
Plus vous vous en approcherez ...
... plus vous le percevrez.
WRAAA!
HUN
Ça commencera par une vibration dans votre tête.
Un bourdonnement dans votre oreille.

Le Roi de Tiketone sera le maître du monde invisible.
Mais gare au roi qui ramène ses ombres dans son monde.
Car Tiketone décuple le pouvoir de votre imagination.
WRAAA!!!
Respirez et persévérez.
Quand vous verrez Tiketone les paupières fermées...
FFFOUHH
...alors tous vos yeux s'ouvriront.
Et vous verrez l'invisible devenir visible.

TiKeTone !
OH!
RRRAAH
C'est ta faute, Virgile !
Allez, viens.

MAINTENANT, C'EST MOI LE MAÎTRE DU JEU.

À genoux, les nazes !
Prêtez serment d'allégeance au roi de Tiketone.
Je prêterai pas serment !
Il est pas encore roi !
Il a pas de couronne.
On verra plus tard pour les serments.
Le jeu n'est pas terminé.

MONTEZ ET RESPIREZ AVEC LE SOUFFLE DU COMMUN.
GRIMPEZ SANS REGARDER EN ARRIÈRE.
QUAND LE MONDE SERA SUR LE POINT DE TRÉPASSER...
TRÉPASSER ?
PLUS NOUS SERONS PROCHES DE TIKETONE...
...PLUS CE MONDE S'EFFONDRERA.
CONCENTREZ-VOUS SUR LE SOUFFLE DE L'ANGE POUR ATTEINDRE LA CÎME DE L'ARBRE.
CONTINUEZ DE GRIMPER ET ÉCOUTEZ MA VOIX.

IL N'Y A QU'UN CIEL ...
HHHUNH
... ENTRE NOTRE MONDE ET LE ROYAUME DE TIKETONE.
IL VOUS FAUDRA D'ABORD RÉUNIR LES RELIQUES DES MORTS VIVANTS.

TROIS PASSAGES SONT NÉCESSAIRES...
...POUR PRÉSENTER VOS TRÉSORS...
... À L'ARBRE-SORCIÈRE.
L'ESCARRE DE PLUME LUI PIQUE LA PEAU DES DENTS.

Gare aux gardiens ailés si vous tremblez.
Qu'est-ce qui se passe ?!!
Tui tui tui tui tui
AAAAAAAAAAAAA

Tuii Tuii Tui
C'EST QUOI CE TRUC DE CINGLÉ ?!!
JE VEUX DESCENDRE!
ARRÊTE DE TE PLAINDRE, VIRGILE!
ON Y EST PRESQUE!
DOUZE HEURES POUR LE CHERCHEUR...
... L'ÉTERNITÉ POUR LE GAGNANT.

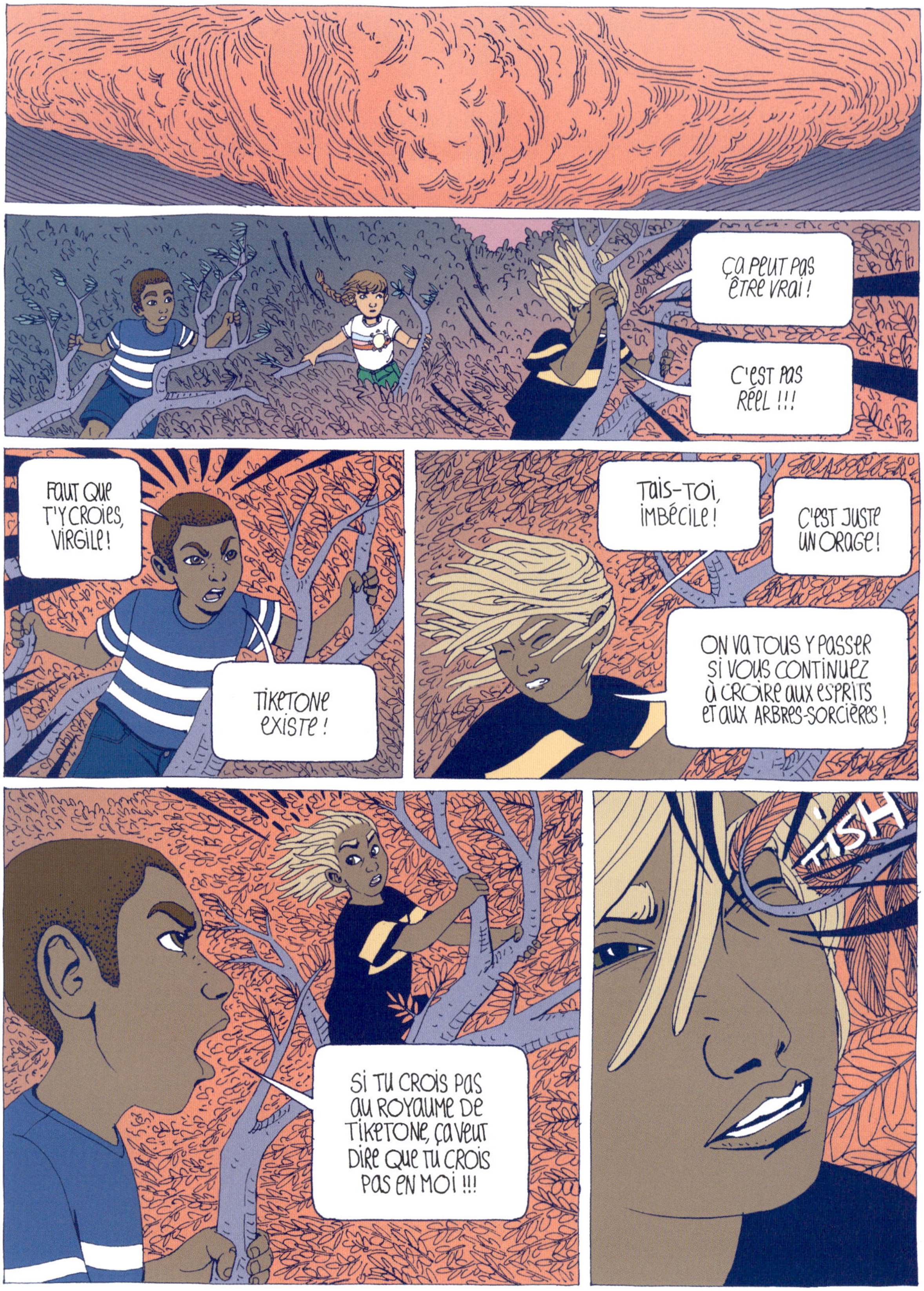
ÇA PEUT PAS ÊTRE VRAI !
C'EST PAS RÉEL !!!
FAUT QUE T'Y CROIES, VIRGILE !
TIKETONE EXISTE !
TAIS-TOI, IMBÉCILE !
C'EST JUSTE UN ORAGE !
ON VA TOUS Y PASSER SI VOUS CONTINUEZ À CROIRE AUX ESPRITS ET AUX ARBRES-SORCIÈRES !
SI TU CROIS PAS AU ROYAUME DE TIKETONE, ÇA VEUT DIRE QUE TU CROIS PAS EN MOI !!!
TSH

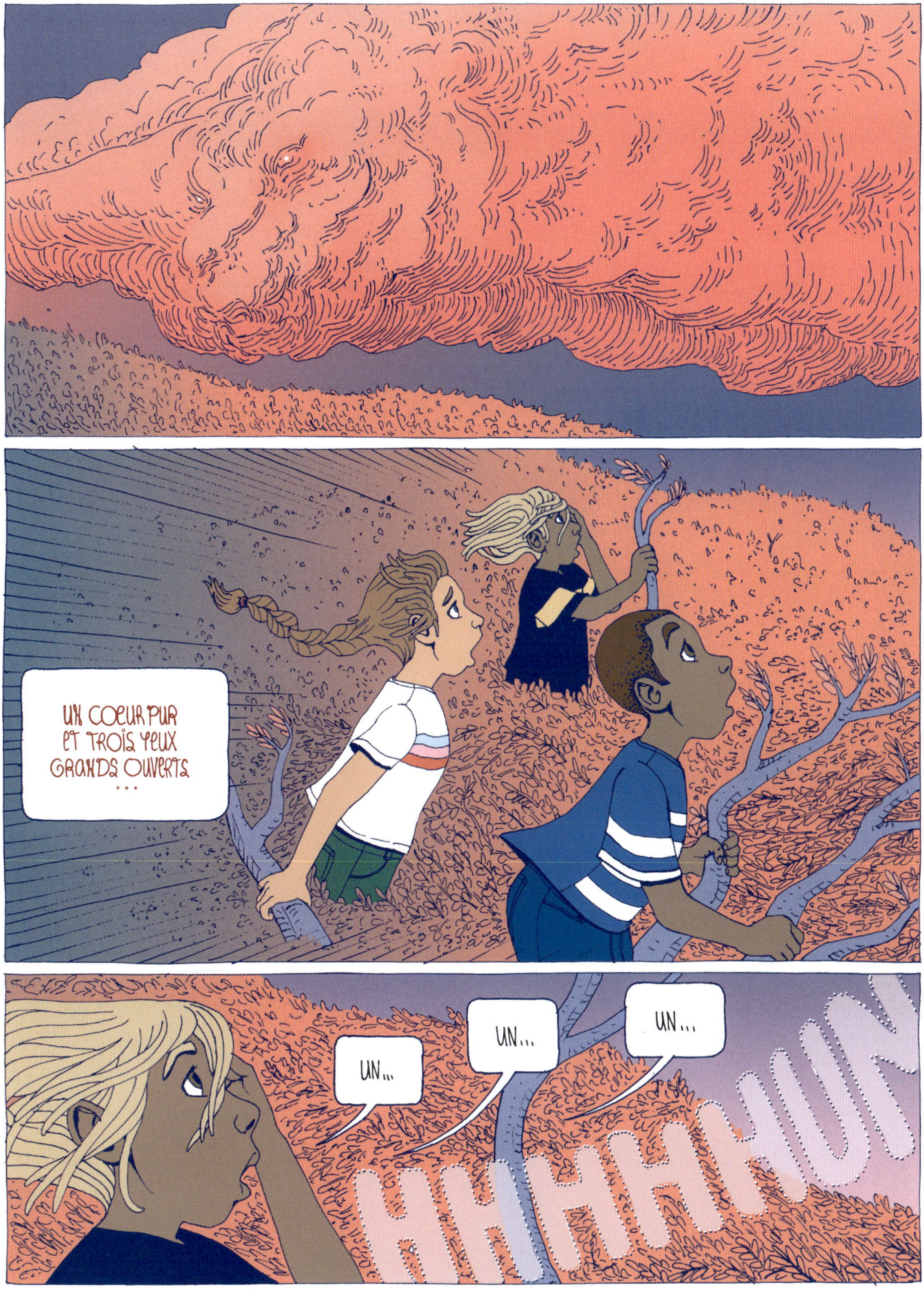
UN COEUR PUR
ET TROIS YEUX
GRANDS OUVERTS
...
UN...
UN...
UN...
HHHHHUUN

... OUVRENT LA PORTE DU PRÉSENT !!!

AAR

La partie commence.

BRRRRRRR

Merci à Matthew pour son soutien inconditionnel
Merci à l'équipe Casterman et à l'atelier de la Grotte pour leur confiance
Merci au Rush Bar et à Anthony N. pour le carburant spirituel et spiritueux
Merci à ma famille, la plus inspirante des muses

WWW.CASTERMAN.COM
Casterman – rue Haute 139 – 1000 Bruxelles – Belgique

ISBN : 978-2-203-25489-3
N° d'édition : L.10EBBN003579.N001

Conception graphique : Studio Casterman BD

Achevé d'imprimer en novembre 2023 par Pollina (Zone industrielle de Chasnais, 85407 Luçon Cedex, France), sur du papier Magno Volume 135 g.N°48295.
Ce papier est composé de fibres naturelles, renouvelables, recyclables et fabriquées à partir de bois provenant de forêts gérées durablement.
Dépôt légal : mars 2024 ; D.2024/0053/130